北の御番所 反骨日録【三】

蟬時雨

芝村涼也

双葉文庫

目次

蟬時雨　北の御番所 反骨日録【三】

第一話　着任挨拶

一

世間的には「いっさい何も起こってなどいない」とされてしまったものの、おそらくは大奥で巻き起こった騒動の余波を受けてのことであろう、北町奉行所の同心裄沢広二郎は、同僚の来合轟次郎とともに覆面姿の侍の集団から突然襲撃を受けた。

このとき、かつて将来を約束した相手であり今も想い人で在り続ける女性を庇い、来合が左肩に浅くはない傷を負った。奉行所の手勢が駆けつけたことで覆面の集団は逃げ去り、その後裄沢らの関知しないところで一連の騒動は終息を迎えたようだが、定町廻りを勤める来合はしばらくお役を休まざるを得なくなった。

南北それぞれの奉行所が、たった六人ずつで江戸の全域を担当させている定町廻りから一人欠けた穴は大きい。北町奉行の小田切土佐守直年は、静養している来合の後釜に裄沢を指名する。

実は、裄沢や来合がこの表沙汰にできない騒動に巻き込まれたのは奉行の小田切たちの思惑に沿った出来事であり、解決にひと役買う格好になりつつも危ない目に遭った裄沢への、詫びと褒美（加えて口止めも？）の意味を含めての人事だと思われた。

通常ならばただ命ずるだけで済むはずのお役替えに、奉行ともあろうお偉方がかように気を使ったのは、来合と裄沢が「大奥の騒動」に巻き込まれるに際し、小田切が当人たちに報せることなく「そうなるように」持っていったことを、裄沢にズバリと指摘されたという事情が少なからず働いていよう。

まあ、来合らに襲いかかるような不用意な動きを先方がしたことで、騒動が一気に解決へ向かったのだから、小田切の思惑は見事図に当たったたわけなのではあるが。しかし逆に言えば、配下を危ない目に遭わせて功をなした形となったため、却って当の配下に弱味を握られてしまったことが、裄沢への人事の打診という形で表れたのだ。

裄沢はこの提案を、「来合の怪我が治って原職に復帰するまでの短期の代理」と限定して受けた。

本来ならば定町廻りを含む通称「三廻り」（残りの二つは臨時廻りと隠密廻り）は褒美として単に命ずるだけでよい厚遇人事だし、命ぜられたほうも喜んで受けるはずのものなのだが、周囲から「やさぐれ」と評されるこの男に限ってはそうではないらしい。

閑話休題、受けたとなるとまずやるべきことは、自身の組屋敷で臥せっている来合への報告である。襲撃を受ける前より実質的な「出仕停止」の沙汰を受けていたにもかかわらず奉行所へ乗り込んで一件の裏側を小田切の前でむきつけに暴き出し、来合やその想い人である美也への謝罪を勝ち取った裄沢は、そのまま来合の住まいへと足を向けたのだった。

「そうか」

奉行とその側近である内与力相手の交渉や、それで勝ち得た来合と美也への恩賞などにはいっさい触れず、自分が「来合の怪我が治るまでの代役になった」とのみ告げた裄沢へ、来合はただひと言だけ返した。

普通ならば「俺の怪我をいいことに廻り方（三廻りの別称）のお役を横取りし

たのか!」などと激怒してきてもおかしくはないところ、この男はいっさいそのような決めつけをしてはこなかった。

このときにはまだ来合の組屋敷に泊まり込みで看病を続けていた美也も、来合が臥す夜具の横ですんなりと裄沢の言葉を受け止めた。美也は町方与力の娘であるから、状況は十分推察できるはずなのに、である。

裄沢が二人の信頼を内心こそばゆく感じていると、来合が思いついたことを口にしてきた。

「迷惑を掛けるがよろしく頼む——ところで広二郎、お前は刃引き(刀身を研ぎ出さず、刃をつけていない刀)を持ってねえだろう。どうせおいらはこのザマだ。使うなら貸してやるから、持ってってくれ」

町方は、罪人を「成敗する」のではなくあくまでも「引っ捕らえる」ことを信条としていることから、定町廻りや臨時廻りのほとんどは、打ち据えても斬り傷を負わせることのない刃引きの刀を帯びて任に就いている。それを念頭に置いての気遣いだった。

「ありがたいが、遠慮しとこう」

裄沢の謝絶にも、「やはり自分で用意して、そのまま定町廻りに居座り続けるつもりでは」などと疑うことなく単純な疑問だけを目に浮かべた来合へ、理由を告げる。

「俺じゃあどんな刀だって満足に振り回したりはできないだろうけど、赤鬼の金棒みたいなお前さんの刃引きを腰に差してたら、とてものこと丸一日歩きづめの見回りなんかできそうにないからな」

剣術の達者である来合は、その大きな体軀を存分に生かせる長大な得物を振り回す。それは本身（真剣）でも刃引きでも変わりはなく、当然重量も相当なものになっている。

本当かどうか知らないが、己の娘をダシに来合に取り入ろうと見世へ呼んだ商人が、やってきた来合の刀を娘に預からせようとしたところ、あまりの重さに肩を痛めて取り落としてしまったという笑い話を廻り方の面々が口にしていたと聞いたこともある。

そういえば来合は、先日の六間堀の仇討ちで助太刀をした浪人に刀を貸したはずだが、あの男はよく振り回されもせずに遣えたものだと今になって気がついた。

「まあ、お奉行からは支度金なる物も頂戴したから、それで何とか見繕おうさ」

実際には、支度金を出したほうからすればこれも口止め料のつもりであったかもしれないが、別の名目が立てられたので黙って受け取っておいた。小判五枚ほどだったからさほど良い物は購えないだろうが、身に帯びるのが剣術を得手としてない自分であれば、鈍刀でも名刀でも大勢に影響はない。

ちなみに刃引きの刀だと、「対象物を斬り裂きながら刃先が抜けていく」ことがないため、本気で打ち込んだときに生ずる強烈な衝撃に逃げ場がなく、ほとんど減衰されずに全てが刀身に留まることになる。そうであっても「使用中簡単に曲がってしまうことのない刀」を手に入れようとするなら、やはりそれなりの対価は必要なのだ。

そうか、とのみ応じた来合は、さらに考えを巡らせ思いついたことを口にした。

「後ぁ、御用聞きどもとの顔合わせだな――別においらが使ってる野郎ども全員と顔つなぎする要もねえだろうが、主だったところにゃあ、おいらが仲立ちして互いに見知っとくぐれえはやっとかねえとな」

来合が言及したのは本所・深川の中に縄張りを持つ御用聞き、世間では岡っ引きとか目明かしとか呼ばれる男どものことである。なお、岡っ引き、目明かしなどという呼び方はいずれもその行状の悪辣さに由来する蔑称であり、通常当人の前でそのような呼び方はしない。

ともかく来合は、裄沢の新たな仕事に支障がないよう、配慮を示したのだ。いくら気心の知れた幼馴染みとはいえ、少しも疑うことなく心配りをしようとするとは全く人のいいことだ、と半ば呆れながら裄沢は応ずる。

「今度室町さんが見舞いに来たときにでも、誰を呼ぶか相談して決めてくれ。実際声を掛けるのも、室町さんがやってくれるだろうし」

室町左源太も同じ北町奉行所で臨時廻りを勤める同心だ。臨時廻りは経験豊富な熟練者が就くお役で、定町廻りの補佐や助言を行うことを任とする。

特定の定町廻りと臨時廻りがいつも一緒の組になって動くということはないが、相性がいいのか、室町は来合に付くことの多い男だった。

ああ、と応じた来合だったが、申し訳なさそうに独りごちる。

「室町さんにゃあまた迷惑掛けることとんなって、申し訳ねえけどな」

普段だとどこまでも大雑把な男がそんな気遣いをするのかと少々驚かされたが、今まで風邪一つひいたこともなかったのに突然床に臥すようになり、柄にもなく気分を落ち込ませてのことかもしれない。

「怪我してるんだから、元気な者に任せときゃあいいんだ。気になるならしっかり養生して、きっちり仕事ができるようんなって恩を返すこったな」

こちらも憎まれ口は控えて、珍しく素直に励ましてやった。

組屋敷を出るときには、美也が外まで出て見送ってくれた。

二

そして数日後、裄沢は再度来合の組屋敷を訪れていた。招じ入れられた座敷では間を仕切る襖を取り払い、二つの部屋をひと続きにして場を広く取っている。手前側の部屋には、ひと癖もふた癖もありそうな物騒な面構えをした町人が数人、それでも神妙な面持ちで居並んでいた。本日は来合が気にしてくれた、本所・深川の御用聞きたちとの顔合わせの日なのだ。

上座で御用聞きたちと対面する裄沢の左隣には臨時廻りの室町が並び、右側には敷かれた夜具の上で上体だけ起こした寝間着姿の来合がいる。わずかに開けた襟元からは、体に巻かれた晒の白が覗いていた。

着替えると当人が言うのを、無理にそのままの姿で臨ませたのだ。間の襖を取り払った部屋の設えも、来合が寝床のままでいられるようにとの配慮からだった。

しかしながらこの怪我人は、自分や室町を含めてその場にいる誰よりも精気を発散している。全く、どうにも場違いな半病人である。

なお、このときには美也はすでに大奥を下がってからの仮寓先である備前屋へ戻っていた。さすがに来合の容体が落ち着いてからは、周囲がそのまま泊まり込みを続けさせるわけにはいかなくなったのだ。

とはいえ、毎日のように見舞い（という名の看病）には訪れている。備前屋からは、美也の代わりに怪我人の身の回りを世話する者が送り込まれてきたのだが、さすがに廻り方同心の顔合わせの場に顔を出すわけにはいかず、この日は裏方に徹していたのだった。

大怪我を感じさせぬ気迫ある声で下座に並ぶ一同を一人ひとり裄沢に紹介した後、来合は町人姿の男らを見渡して申しつけた。

「いいか、おいらぁこのとおり怪我でろくに動けねえから、しばらくは町奉行所のお役を休むことんなる。お前らは、おいらの代わりを勤めてくれるこの裄沢の言い付けをよく守って、しっかり働くんだぜ」

男どもは「へい」と声を揃えて頭を下げるが、いずれも無表情で内心は読み取れない。

ここにいる者らは、定町廻りとして本所・深川を受け持ってきた来合の指図を受けて動く男たちだが、これで全員というわけではない。全てを集めても裄沢が憶えきれるはずはないし、第一全員を詰め込めるだけの場所もない。今日来合が集めたのは、下っ引きと呼ばれる子分を使い周囲から「親分」と立てられる人物の中でも、主だった者だけだった。

来合が言葉を句切ったところで、今度は紹介を受けた裄沢が口を開いた。

「今来合から引き合わせてもらった裄沢広二郎だ。なにぶん廻り方は初めてゆえ、そなたらに迷惑を掛けることもあるやもしれぬがよろしく頼む」

言って軽く頭を下げたのへ、男どもも低頭して応じたのだが、来合が言葉を掛けたときよりも反応は鈍いように感じられた。

来合が男どもを睥睨している気配を気にもせず、裄沢は続ける。出だしの堅苦しい口調を変えて、気さくな口ぶりになった。

「俺は来合が怪我を治して復帰するまでの代役だ。俺なりのやり口に変えようなんてことは少しも思っちゃいないから、来合の下でやっていたとおり、これまで同様に勤めてくれりゃあ、それでいい」

無表情なままの男どもを前に、淡々と言葉をつなぐ。

「このことはお前さん方だけでなく、各町の番屋にも主だった見世にも言っとくし、それ以外の小さな見世とかだって町役人（ちょうやくにん）を通じてしっかり伝わるだろうから、安心して仕事に専心してくれ。

まあ、来合が戻ってきたときに何ごともなくすんなりそのままお役に就けりゃあ、俺のやるべきことは上首尾（じょうしゅび）に終わったことになろうし、そいつはお前さん方も同じだろうってこった――馴れない分、余計な手間を掛けることもあるかもしれないが、なるたけお荷物にならないよう、こちらの室町さんにも手伝ってもらってしっかり気を配るから、よろしくな」

言い終わった裄沢が見ていると、男どもは先ほどよりいくぶんかしっかりと頭を下げてきたようだった。中に二、三人、ほんのわずかに表情を変えたような者も見受けられたが、裄沢は知らぬふりをしていた。

この間、隣に座る臨時廻りの室町はずっと口を閉ざしていた。裄沢が話しているときはちらりと発言者を見やり、途中には何か言いたそうに微妙に表情を変えたようにも見えたが、最後のほうは男どもに顔色を見せぬよう俯き、思わず浮かんできた笑いを噛み殺していたようだ。

顔合わせが終わって男どもを帰した後、裄沢や室町もすぐに辞去した。いてもらわなければ始まらないから付き合ってもらったが、当の来合はお勤めを休んで養生に努めているほどの怪我人、そうそう長居するのは遠慮してのことだった。

「まぁお前さんのこったから下手は打つめぇとは思ってたけど、しっかしやるもんだねえ」

来合の組屋敷を出て外の道へ踏み出したとたん、室町が笑いを含んだ声で言い掛けてきた。

「何のことです」

問うた裄沢へ、室町は「惚けなくても判っている」と言いたそうな顔を向けてくる。

「雁首揃えた御用聞き連中へ、お前さんがぶちかましたご挨拶のことよ」

「当たり障りのないことしか言えなくて、舐められたんじゃないかと案じていたのですが」

御用聞き、岡っ引きなどと呼ばれている連中は、お上が雇用している武家奉公人ではない。いずれも町方役人が「個人的」に使っているだけの、身分的には庶民と何ら変わるところのない者なのだ。

数の少ない廻り方では手が足りず目も届かないところを補うのがこうした男たちを使う目的だから、押し出しがよくて裏の世界にも通じた人物が登用される。結果、元悪党ややくざの親分と兼業しているような者が「お上の手先」として大手を振って明るいところをのし歩くようになった。

それを使う立場の廻り方からしても、甘い顔を見せればつけ上がり、容易に言うことを聞かなくなるような連中だ。気弱な町方では、とうてい御せない者ばかりだった。

裄沢の言葉に、室町は頷く。

「出だしの言葉を聞いたときゃあ、正直なとこ『こっからどうすんだ?』って、ちょいとばかしハラハラしたぜ」

町方同心の標準的な俸禄は三十俵二人扶持。廻り方には出入り先からの付け届けもあるとはいえ、少なからぬ者らへ十分暮らしていけるほどの金を渡せるわけがない。支給されるのは、悪党と変わらぬようなこうした男たちからすれば、

「ほんのいっときの小遣い銭」程度にしかならない額にすぎなかった。

女房や情婦に見世を持たせて副収入を計るような者もいたが、それで十分な収入を得られるほどの才覚の持ち主は少ない。

自然と、町の衆から金を得ることで己自身や自分の使う子分たちの暮らしを立てることになるのだが、そのやり口は喜捨を募るというよりも強請り集り同様の手立てとなることが多かった。

廻り方の同心としては、こうした男たちでも上手く使っていかなければ市中の取り締まりや罪を犯した者の捕縛に十分手が回らなくなるため、言わば必要悪として日ごろの悪行にある程度は目を瞑らざるを得なかったのである。

その点来合は、腕っ節の強さと持って生まれた迫力で睨みを利かせ、目に余るような勝手な振る舞いはさせずに己の受け持つ地域をまとめてきた。

しかし、来合がしっかり抑えつけてきた分だけ却って、威圧が無くなったとたんに頭を擡げて好き勝手に振る舞おうとするような不心得者が出てきやすい。見た目は大人しそうな裄沢の「自分は不慣れである」と認める正直な挨拶を聞いて、中には「今だったら」と舌舐めずりした者もいたはずだった。

室町の本音を聞いて、裄沢は「それは済みませんでした」と頭を下げる。

室町は笑って首を振った。

「いや、そう思ったのは最初のうちだけで、続きを耳にしたらおいらの心配なんざ、ただの取り越し苦労だってすぐに判ったからよ」

室町を案じさせた裄沢の語りには、続きがあった。「今までどおりにやってくれればよい」との毒にも薬にもならない指図の後に、「同じ話は市中にも広める」と同時に「来合はすぐに帰ってくるし、いない間も室町が目を光らせる」と釘を刺したのだ。これで妙なことをすれば、すぐに室町や戻ってくる来合の耳に入ることになると、多くの者らは理解したはずだ。

「自力ではなく、室町さんや来合の名前に頼らないと上手く仕切れそうにないのは情けない限りですが」

「なぁに、最初っから手前ひとりの力でやり通せる者なんざいやしねえさ。ビシッと連中の背筋伸ばさしただけで上等ってなモンよ。

ああそれから話ゃあ変わるが、今度一杯やろうって西田さんや柊さんから声掛けとくように言われてたんだ。都合のいい日を教えといてくんな」

裄沢は意外そうな顔になる。西田小文吾は日本橋北から神田川を越えて上野の向こうの浅草田圃までを受け持つ定町廻り、柊壮太郎はその西田と組むことの多い臨時廻り同心だ。

用部屋手附同心というつい最近までの裄沢のお役柄、西田とは仕事絡みの付き合いはあったがそう深いものではなく、柊に至っては挨拶を交わす以上の話をしたことは数えるほどしかない。

「そのお二人と室町さんの三人、ということでよろしいでしょうか」

「後ぁ入来さんははっきり『出る』っつってたけど、定町廻りと臨時廻りは、よっぽどの事件でも起きねぇ限りはみんな顔ぉ揃えると思うぜ。隠密廻りの二人も、顔ぐれえは出してえって言ってたしな」

入来平太郎は日本橋南から芝、愛宕下、そして品川手前の高輪までを担当する定町廻りである。

「……どこか、料理茶屋を押さえたほうがいいですよね」

多くの幕府の役人には、お役替えで登用された新参者が、古参の面々へ「以後よろしく」との意味合いを込めて饗応するという慣習がある。そして初めて廻り方に任ぜられるというのは町方同心にとってこれ以上ない大出世だから、関心のない裄沢が知らなかっただけで、薄給の身であってもこうした習わしが続けられていておかしくはない。

裄沢の場合は「来合の怪我が治るまでの代役」にすぎないから、もしそれらしいことがあったとしても免除してもらえるだろうと考えていたのだが、「ただ酒」が飲めるほうからすれば機会を逃す気はなかったようだ。

　それなりに人柄を信頼している室町ならばよいかと明け透けに問うてみたのだが、なんだか呆気に取られたような顔で見返されてしまった。

「ああ、いいや。こいつぁおいらの言い方が悪かったな——別にお前さんから飲み食いを集ろうってワケじゃあねんだ。逆に、おいらたちでお前さんを呼んで、よろしくお付き合いを願おうってこってな。

　無論のこと、払いはみんなこっち持ちだ——まぁそういうこったから、あんまり大したとこにゃあご招待できねえけどな」

　その返答を聞いて今度は裄沢のほうが驚く。

「ほんのいっときお仲間に入れていただくだけの俺を、ですか」

「ほんのいっときだろうが何だろうが、お前さんについちゃそんなこたぁ関わりがねえ——そんだけ、お前さんがやってくれたことを、おいらたちが恩に感じてると思ってくれりゃいい」

「恩？　……もしかして、源治と角三の一件ですか。あれは、俺が窮地から逃れるために手を打ったら、成り行きでああなったというだけですから」

ケチな盗人の源治という男が北町奉行所に捕まった。源治の詮議を担当することになった吟味方与力の瀬尾は、当人の供述に基づき同じ裏長屋に住まう角三という男を共犯の疑いで召し捕らせたのだ。

瀬尾は、この一件に絡めてかねて恨みを抱いていた裄沢を罠に嵌めようとしてきた。裄沢は自身の潔白を主張する一方、角三捕縛に関する瀬尾の「捕り違え（誤認逮捕）」を明らかにして難を逃れたのだった。

「どんなつもりだったとしても、そんでおいらたちが助かったことに変わりはねえからな」

「ありがたいお話ですが、そうだったとしても西田さんと、せいぜいが柊さんまでのことでしょう」

瀬尾による角三捕縛が至当だと認められた場合、源治たちの住まいや盗難のあった場所を含む地域を受け持つ西田は、角三を「取り損ねた」と見なされることになった。西田と組むことの多い柊にも、西田ほどではないにせよ汚点がついたはずだ。

その意味で、二人から感謝されることには得心がいく。

「何言ってんだ。吟味方がこっちの仕事に手ぇ突っ込んできたのにグウの音も出ねえでいたとこを、お前さんが撥ね返してくれたんだ。廻り方ぁみんな、胸のあく（胸のすく）思いでいたんだぜ。

西田さんと柊さんなんかは、お前さんがお奉行の妙な命で町奉行所に顔ぉ出さなくなっちまったもんだから、これじゃあ礼のしようがねえって、こっちに来て愚痴ぃ並べてたぐれえだ。そこまでじゃあなくっても、思いはおいらたちも西田さんや柊さんと一緒だからよ」

「そこまで感謝していただけるのはありがたいですが、さっきも言ったように成り行きでそうなっただけですから、内々で簡単にお願いします」

「廻り方に役得があるっていっても互いに軽輩の身だ。そうそう大したことができるワケじゃねえから、気軽に顔を出してやってくんな」

室町は、並んで歩く裄沢の肩をポンと叩いてきた。

三

定町廻り同心の仕事というと、時代劇では人殺しなどの重大犯罪の捜査が大部分を占めるような構成になっている。無論のこと月番（南北の町奉行所がひと月交替で受け持つ新規発生案件の受付担当月）のときに自身の受け持つ地域でそのような騒動が起これば、先頭に立って解決にあたるのは定町廻りとなるのだが、「人が死んでいるけど誰が殺ったかは不明」というような難事件がそうたびたび起こるものではない。

　実際の定町廻りの仕事のおおよそは、己の受け持つ地域にある各町の自身番を一つひとつ経巡り歩き、異常はないか声を掛けて回ることだった。もし町内で、急報するほどではないが放置できない何かが起こっていれば、自身番で待機する町役人が定町廻りの回ってきたときに報告して指示を受け、ときにはその力を借りて解決にあたるのである。

　ただし、俗に八百八町と称され、この当時は実際のところ千を超える町があった江戸において、その全域を南北それぞれたった六人ずつ（南北で分け合わずにそれぞれが全域を網羅する）で分担するのだから、単純に割れば一人あたり百五十以上の町を受け持っていることになる。

　自身番がない町や二町で一つというところもあるが、一方で江戸の郊外の「村」にあたる場所も、勘定奉行所麾下の代官所の受け持ちとはいえ全く無視できるものではない。村の者が江戸に出て罪を犯したり江戸の咎人がそちらへ逃げたりといったことが頻繁に起こるため、普段から意思の疎通を図り懸念事項は耳に入れておく必要があるからだ。

と、いうことで、定町廻りが巡回せねばならない場所は、町々の発展に伴いますます広がっているのだった。定町廻りの主な仕事は丸一日、己の広い受け持ち区域の中をともかくひたすら歩くこと、というのが実態なのだ。

もともと体を動かすことがさして得意ではなく、つい最近まで文机に齧りついて仕事をしていた裄沢にとって、これは大きな負担だった。

「定番」

自身番の前で立ち止まった裄沢が、戸口のそばで待機する男へ声を掛ける。俗にそう呼ばれるのは、番屋の雇われ人である。

「はぁーあ」

定番が、妙に間延びした返事をしてきた。これも、どこの番屋でも見られる風景、様式美というやつであろう。

「変わりはねえか」

「へぇーい」

自身番屋のほうで何ごともなければ、このように返事があって終わりとなる。定町廻りは、これを朝から陽が落ちる前まで、各町で延々繰り返しながらひたすら歩くのだ。

通常ならば間を置かずにすぐ次の町へと足を向けるのだが、本日は少々違った。

「済まねえ、ちょいと邪魔するぜ」

市中巡回に付き合ってくれている室町が、裄沢の隣から足を踏み出した。すると、中からぞろぞろと人が出てくる。

名主や家主（大家）など、交替で自身番に詰めるとともに町の取りまとめをする者らが揃っているようだ。おそらくは、あらかじめ室町から告げられていてのことだろう。

「このお人が、来合の代わりをする裄沢さんだ。皆、よろしくな」

「怪我をした来合が復帰するまでの代わりを勤める裄沢だ。しばらくの間だけだが、よろしく頼む」

続いて名乗った裄沢に、全員が頭を下げてきた。

このようなやり取りがあるから、巡回はいつも以上にときが掛かる――もっとも、馴れない裄沢の歩みの遅さも大きな原因なのであろうが。

さらには、主だった商家や寺などでもこうした紹介がなされ、中へ招じ入れられて茶菓の饗応がなされることも少なくないから、ますますときが掛かるのだ。普段の来合なら一日で回れる道のりが、自分だと何日掛かるか判ったものではないと、思わず裄沢は遠い目になる。

「疲れたようだね」

ともに歩いてくれている室町が、気遣って声を掛けてきた。

「覚悟はしていたつもりですが、実際やってみるとなかなかキツいものがありますね」

裄沢は正直に本音を告げる。

「なぁに、馴れりゃあ、そんなに大したこっちゃねえさ」

裄沢は苦笑する。

「馴れる前に、こたびの代役は終わりそうですけどね」

「続けられるんじゃねえのかい」

室町のあまりにあっさりした言いように、裄沢は思わず隣に並ぶ顔を見た。

室町は、当たり前のことのようにその先を口にする。

「お前さんさえその気になりゃあ、さして難しいことでもねえように思えるけど」

相手に合わせて、裄沢も淡々と返した。

「俺に続けさせようなんてご意向は間違っても示されないでしょうけど、万一希望を聞かれても、そんな気にはなれませんね」

「ほう、なんでだい？」

「俺じゃあ、荷が勝ちすぎます――このとおり廻り方を続けられるほど足は丈夫じゃありませんし、第一もし何かあったときには、俺の腕じゃあ凌げる自信がありませんから」

「そんなこたぁねえだろ。お前さんがこのごろ立て続けに潜り抜けてきた死線は、並大抵のモンじゃあ凌げなかったろうによ」

室町の言う「立て続けの死線」とは、宿直番のときの急報に応じて出張ったときに出くわした取り籠もり（立て籠もり）と、つい先日の来合が怪我をした一件のことだろう。

「単に悪運が強かっただけです。己の腕で凌いだワケじゃあありません――その悪運も、このごろついに使い果たしてもう尽きてるでしょうし」

「お前さんにゃあ、剣術の腕はなくとも、それを補って余りある頭の冴えがあるじゃねえか」

「ときに偶々思いつくことがあるだけで、十分補えるような代物じゃあないですよ。もし室町さんの言うとおりなら、その二度とも死にそうな目になんて遭っていなかったでしょうし」

「そうかねえ。お前さんならその二度の教訓を生かして、危ねえとこはヒラリと躱せるようになりそうだけどなぁ」

「そこまでいくと、買い被りも十枚重ねぐらいになってそうですよ——俺ができるってことはないでしょうが、もし万が一やれたとしても、来合が戻ってきたらもう空きはないですから。考えるだけ無駄ってモンです」

ありもしない無駄話はこれまでだと話柄を変えようとした裄沢だったが、室町は「いや」と首を振る。

「おいらもいい歳だ。こんなお勤めはつらくなってきやがったから、もうそろそろ内役（内勤）に替えてもらってもいいんじゃねえかと考え始めてたな。

おいらが臨時廻りを退きゃあ、その後にゃあ入来さんか西田さんが入ることんなろうさ。そしたら定町廻りの席が一つ空く——お前さんはそこを埋めりゃあいい」

「室町さんが抜けるなんてとんでもない。それじゃあ、廻り方が上手く回らなくなるでしょう。何より、室町さんがいなくなったら誰が来合の先走りを止めるんですか」

裄沢のあまりにも剝き出しな問いに、室町は返答をせずにただ溜息をついた。

——やっぱり、ずいぶんと苦労させられてるんだな。

その確認はできたが、やはり室町は廻り方からいなくなってもらっては困る人物だ。まだまだ十分やっていけそうなのに「辞める」などと口に出した理由の中であの大男の占める割合は大きかろうとは思いながら、心のうちで「頑張ってください」と声援を送るよりない裄沢であった。

裄沢の思惑より少々延びたが、これで「来合復帰後も廻り方を続ける」などという望んでもいないことへのやり取りは終わった。

「これ、どうしましょうか」

奉公人たちが頭を下げて見送る店先より十分離れてから、裄沢は並んで歩く室町に問い掛けた。遠目には腕を組んでいると見えるように心掛けながら、左手で右の袂に手を当てているのを室町に見せていた。

　室町とともに顔を出す先には、主だった商家も含まれている。そのほとんどが、立ち寄った帰りに包んだ金を手渡したり袖口から袂へそっと入れてきたりするのだった。「これからよろしく」という意味の、心付けだ。

　現代なら贈収賄そのものだが、この時代にあってはしごく当然なお付き合いの一部であった。

「なに気にしてる。そのまんま、もらっときゃいいだろ」

　室町はあっけらかんとしているし、それが当然な慣習でもある。

「でも俺は、すぐに来合と交代する身ですよ」

「だから何だって？　お前さんが断ったりすりゃあ、却って向こうさんに余計な気ぃ遣わせちまうし、次にお前さんみてえな形で廻り方になった者の妨げにもなっちまうだろう――役得、役得。難しいこたぁ考えねえで、そのまんま黙って懐にしときな」

　裄沢のようにほとんどみんながというわけではないが、連れ立ってきた室町のほうへも少なからず心付けは渡されている。その意味でも、自分が拒絶して受け取らないなどということができるものではない。

先にも書いたが、町方同心の俸禄は三十俵二人扶持前後という薄給である。たとえ岡っ引き一人当たりに渡す金が年に一両に満たない額であったとしても、渡す相手の数は五人や十人ではきかない。このことは、前述の定町廻り一人当たりが受け持つ町の数を思い起こしてもらえれば、即座に理解されよう。

さらに手柄を挙げた者には褒美を出したり、特別な探索を頼む際には入用（経費分）を先渡ししてやらねばしっかり動かせないという状況も生じ得る。加えて、どこかの岡っ引きの子分が一本立ちして見世を構えるなどと知らせが入れば、二十両や三十両といったまとまった額の祝いを出すのは当然のこととされていた。

商家などからもたらされるこうした「役得」がなければ、とうてい回らないような仕組みになっていたのだ。

だから、町方側から強要でもしない限り、「袖の下」を問題視するつもりは裄沢にはない。単に、自分個人の場合はそうした「使い途」がほとんどないまま、黙って受け取ることに罪悪感を覚えているというだけなのだ。

——これ、来合に持っていっても受け取らないだろうしなぁ。

当然、室町に受け取ってもらえる気もしない。そんな話を持ち出したら、「心付けが悪いってえのか」と誤解までされかねないように思われる。

室町に気づかれぬよう密かに悩みながら足を進めていると、ふとある人物が頭に浮かんだ。

――ああ、そうか。あの女に渡せばいいんだ。

思い浮かべたのは美也の姿だ。

十年越しの想いが実り、来合と美也が夫婦になるのは確定したことだった。

そして南町の与力の娘である美也なら、こうした金が本来どう使われるべきものかも十分承知しているはずだ。

――何か言ってくるかもしれないが、それでも押しつければ、最後まで受け取らないってことはないだろう。

そう結論づけた裄沢は、ようやく軽くなった心持ちで視線を前に向けた――もっとも、足のほうはずっと重たいままだったのではあるが。

四

「裄沢様にごぜえやしょうか」

声を掛けられたのは、北町奉行所へ戻る途中であった。日本橋南は呉服町の表通り、目指す奉行所はもうお濠の向こうに見えている。

室町は疲れた様子の裄沢を早めに開放し、自身は「ちょっと寄るところがあるから」とちょうどひと区切りついたところで別れていた。奉行所から供につけた小者は裄沢に同道させ、室町は単身でどこかへ歩み去っていった。

呼び掛けられたほうを見やれば、町人姿のあまり人相のよくない四十男が、小腰を屈めてこちらを見上げていた。

「何者だ」

足を止めた裄沢は平静な顔で問う。

男も愛想ひとつない表情を変えることなく、目線を切らずに頷くような軽い頭の下げ方をして答えてきた。

「へえ。あっしは入船町の辺りに巣くっておりやす、亥太郎ってえケチな野郎で」

入船町は深川も南の端のほう、富岡八幡宮の東に位置する町である。

「その、深川のケチな男が何の用だ」

裄沢の突き放したもの言いに、「こいつは畏れ入りやす」と物怖じもせずに応じてきた。

「あっしもお上の御用のお手伝いをさしてもらってるうちの一人でごぜえやすから、ところを受け持つ裄沢様からお手札（てふだ）を頂戴できたらありがてえと思いやして」

町方相手で下手（したて）に出てはいるが、どこかこちらを値踏みしているような顔つきに見えた。

廻り方の同心が岡っ引きに渡す「手札」とは、現代で言えば名刺のような物である。ただし、現代のように様々なところで自己紹介がてらにバラ撒（ま）くようなことはせず、「所持している者の身元保証のため」といった目的でごく稀（まれ）に渡すことがある、といった程度の代物だった。

「これまでに、他から手札は？」

「……いえ、頂戴したこたぁございやせん」

岡っ引きなら必ず手札を持っているということはないし、たとえ所持していたとしても、必ずしも今使ってもらっている同心から渡された物だとは限らなかった。

数代前の廻り方で今はもう引退している者からもらった手札を、そのまま持っているということも珍しくなかったし、北の同心に仕えている岡っ引きが南の同心の手札を所持して己の身分の証明としている、などということも当たり前にあった。

要は、それだけいい加減な扱いだったということだ。

裄沢は、亥太郎と名乗った男を冷めた目で見続ける。

「入船町の番屋に尋ねればそなたの住まいは判るか」

「……へい。じゃあ、それで判るようにしておきやすので」

「そうか。ならば臨時廻りの室町どのに相談した上で、手札を授けるかどうか決めるゆえ、しばらく待て」

裄沢の返答を聞いた亥太郎は顔を背けたが、そこに侮蔑の表情が浮かんでいるのを裄沢は見逃さなかった。

「手前一人じゃ何にも決められねえ半チクかい」

口の中で呟いたのが裄沢の耳にも入ってきたが、半分は聞かせるつもりがあってのことだろう。

亥太郎がそのまましばらく動かずにいたのは、裄沢の次の言葉を待ってのことだったに違いない。己の呟きで考えを変えてくれるなら上々、もし怒ってくるようだったらそれはそれで構わない——肝が据わった、いかにも太々しい男だ。

それでも裄沢が無言のまま立っていると知ると、ようやく亥太郎が次の動きに移った。

「じゃあ、いいお返事を待っておりやす——御免なすって」

軽く頭を一つ下げると、背を向けて立ち去ろうとする。

裄沢は「おい、亥太郎とやら」とその後ろ姿へ呼び掛けた。

足を止めて振り向いた相手に言葉を続ける。

「まだ俺はそなたを使うかどうか決めておらぬ。こちらから許しを出さぬ限り、何をするにせよ俺の名はいっさい使うな。暗に匂わせるようなマネもしてはならぬ——よいな、しかと申し付けたぞ」

こちらの意向をはっきりと告げた上で、念を押した。

亥太郎はわずかに顔を歪めたようだったが、「へい」と承諾の言葉を吐いてそのまま去っていった。微かに舌打ちする音が聞こえてきたような気がしたが、これは亥太郎によい印象を受けなかったことからの空耳かもしれない。

裄沢は、何ごともなかったように再び己の属する奉行所へ向けて歩み出した。

御用聞き、岡っ引きと称される面々には、そこいらの地回りや破落戸と変わらぬような手合いが数多くいる。そんな連中相手だから、考えなしに手札を渡すような迂闊なマネをすると、どんなことに悪用されるか判ったものではない。

渡してしまった後で回収するとなれば、「相手が信用できなくなった」と意思表示するのと一緒だから、出してしまった物はよほど明白な理由でもない限り放置することになる。

それゆえ、手札を渡す相手については慎重にならざるを得ないのだ。

岡っ引きの側からすれば、頂戴した手札はお上の権威を振りかざすことができる重宝な道具になる。何をするときでも「権力のゴリ押し」を通用させられる手立てになるのだから、咽から手が出るほど欲しがって当たり前のお宝だ。

それでも全ての岡っ引きが手札を持たされるわけではなく、所持している場合も今使われている町方役人から渡された物とは限らないのは、町方役人側のこうした慎重さが理由の一つだった。

亥太郎は、「自分が縄張りとしている」と言った深川の入船町ではなく、わざわざ日本橋南の呉服町まで足を運んで声を掛けてきた。おそらくは、奉行所へ戻る裄沢が必ず通るであろう場所で網を張っていたのだろう。

地元では何か不都合があったのかと疑わざるを得ない。

しかも、裄沢が室町と離れたところを見計らっていたようにも感じられた。様子見半分だったようだが、前任が怪我をしたため急遽後釜に据えられた「ぽっと出」ならば、どうにでも料理できると軽んじていたようにも思えている。

さらには、「すでに誰かから手札をもらっているか」「地元の入船町の番屋で問えば住まいが知れるか」との裄沢の問いに答えるまでに、いずれも少し間が空いた。どこか後ろ暗いところがあると疑って当然の怪しい振る舞いだ。

いちおう、亥太郎のことは室町にも話しておくつもりではあるが、裄沢にあの男へ手札を渡すつもりは全くない。それどころか、どのような人物であろうと御用聞きに手札を渡すようなことは、いっさいやらないと決めていた。

裄沢が定町廻りの任に就くのは、来合の傷が完治して復帰するまでの短い間だけである。医者は「二カ月ほどは掛かろうかと」と言っていたが慎重を期してのもの言いであろうし、あの体力お化けの熊公のこと、ひと月足らずで戻ってきたとて何ら不思議はない。

すると、裄沢には相手の人物を慎重に見定めているだけのときはないことになる。どうにか一人か二人ぐらいはそうした人物を選定できたとしても、ようやく手札を渡したところで裄沢のほうが早々にお役を交代することになるのは明らかだった。

そして、渡した手札が本当にまともに扱われるのか、定町廻りから転出した後の裄沢には自分で確かめることも満足にはできない。

ならば、最初から誰にも渡さないと決めておくほうがずっとすっきりしていた。

「裄沢様」

呉服橋の袂まで来たところで、もう一度背中から声を掛けられた。

振り返ると、手拭で頬っ被りをし袖無の単衣から剝き出しの腕を晒した、股引に裸足、草鞋履きの男が裄沢の足下へ視線を落として立っている。

見掛けは、どこかの商家への荷運びを手伝い、終わったところで解散となった人足のようだが、そんな男から声を掛けられるような憶えはない。

誰か、と問おうとしたところで向こうが顔を上げた。

「お前は……」

「お久しぶりにございます」

人足とは思えぬ丁寧な口ぶりで、しかし周囲の目を気にしてか仕草は粗雑に、裄沢に頭を下げてきた。

五

不慣れだからといっていつまでも室町に張りついてもらうわけにはいかない。この日裄沢は、奉行所の小者でも若手の与十次（よそじ）一人だけを供として、市中巡回を行っていた。

廻り方の中には、小者の代わりに岡っ引きを伴う者も少なからず存在する。縄張りやその周辺なら諸般の事情に詳しく、また顔が売れている分、何かしたいときにその意向が即座に通りやすいなど、使い勝手がよいのだ。

しかし、裄沢は市中巡回をするにあたり、特定の岡っ引きを身近に置くことはしなかった。誰にも手札を渡さないと決めたのと、同じ理由からである。

定町廻りの仕事に就く前に来合から紹介された面々の中には、気を利かせて「自分らの縄張り内だけでも」とお供を申し出てくる者もいたが、全て丁寧に断った。

たとえその者らの縄張り内であったとしても、町方役人と親しく接しているところを周囲に見せれば、その岡っ引きの権威付けになる。また、詳しいからと安易に案内を請えば、その者が見せたくないところがあっても上手く誤魔化して気づかせぬようにすることができるかもしれない。

裄沢は、来合の代役としてこのお役を引き受けたにせよ、ただの「お飾り」で終わるつもりはなかった。

――もし来合の見逃していたものがあるなら見つけ出し、できるなれば正す。それでこそ、引き受けた意義があると信じているのだ。

不慣れとて来合の一日分と同じだけ回ることは諦め、本日は小名木川から次第に南へ下っていき深川だけでも虱潰しにしようと足早に番屋を回り歩いた。永代寺の門前町や櫓下などの岡場所も過ぎてようやく終わりが見えてきたかとほっと息をついたところで、裄沢を待ち構えていた男がいた。

場所は富岡八幡宮と三十三間堂に挟まれた、永代寺門前東仲町というところである。

「お勤めご苦労様にございやす」

小腰を屈め頭を下げてきた男を見下ろす。

「確か、亥太郎とか申したか」

「へえ。こんな野郎の名を憶えてくださりやして、勿体のうござんす」

「他人とは違う面の出し方をしてきたからな」

亥太郎は、裄沢の皮肉など聞こえなかったかのように言葉を発した。

「憶えててくだすったのはともかく、それじゃあどうして会いに来てくださらなかったんで？　そうしてくださるってお話だったでございやしょう」

図々しいもの言いにも、裄沢は淡々と返す。

「必ず訪ねるなどと言った憶えはない。そなたを使うことに決めたならば、その旨伝えに行くと言いはしたがな」

「じゃあ、あっしじゃあお役に立てねえと？」

そう問うた亥太郎の目に落胆の色は見えない。むしろ、断られるのを承知していながら己の存念を押し通せると驕っている者の、太々しさが表情から読み取れた。

裄沢は事実のみを告げる。

「あの折申したように、室町どのに経緯を告げた。すると室町どのは、亥太郎などという者に御用を命じた者がいるとは聞いたことがないし、ましてや手札を与えるような相手とは思えぬとの話であった」

「そりゃあ、室町って旦那がご存じねえだけでやしょう」

「ほう。なればそなた、実際誰の命でどのような働きをしたことがあるのか、教えてくれぬか。それを確かめた上で、必要あらば再考しようほどに」

裄沢の冷静な問いに、顔を背けた亥太郎は口元を歪めていたようだった。気を取り直して、真っ直ぐ目を向けてくる。

「それじゃあ、あっしがお役に立つとこをご覧に入れやしょう」

どうだ、という顔の亥太郎に冷たく告げる。

「では明日、室町どのと参ろう。場所はここでよいか？　いつごろ来ればよい」

亥太郎は侮(あなど)った顔になって言い放つ。

「旦那ぁ。定町廻りにおなりになったばっかで捕り物に馴染みがねえかもしれやせんが、そんな悠長(ゆうちょう)なことぉ言ってたら、相手に逃げられやすぜ」

「これからすぐ向かわねばならぬほどの急ぎの捕り物だと？」

亥太郎は口を閉じたままこっくりと頷く。その間も、裄沢から視線をはずそうとはしなかった。

「判った。案内せよ」

そう言って後に続こうとする。裄沢の後ろへ目をやりながら言ってきた。

亥太郎はすぐに動き出さず、裄沢の後ろへ目をやりながら言ってきた。

「旦那。こっから先の番屋には今日は行けねえと、お供の方に告げに行かせたほうがいいんじゃねえですかい」

「途中でどこぞの番屋へ寄ってくれ。巡回を中断することはそこで申し付ければよかろう——明日までは待てずとも、そなたの態度を見る限り、わずかな立ち寄りもできぬほどの急ぎではなさそうだからの」

無言で背を向け歩き出した亥太郎だったが、その顔が顰められているのは、向こう向きになりかけた横顔で判った。

途中口を閉ざしたままの亥太郎に黙って従うと、その足は汐見橋を渡り南東に向かった。当人が「己の縄張りだ」という入船町も端のほう、材木置き場に隣接し、昼も夜も賑わう深川でもはずれとなる、ずいぶんと静かな場所だ。

「ここで」

亥太郎が足を止めて振り返ったのは、一軒の仕舞屋の前だった。かつてはここで見世を開いて商いをしていたというより、裄沢には芸妓が住まっていた芸者屋か何かのように見えた（この時代の江戸にはまだ芸者の「置屋」はない）。

「ここは、何をしているところだ」

「ともかく、まずは中へ」

亥太郎は問いに答えず、余裕をもった顔で中へ招じ入れようとしてきた。

裄沢は、誘いに応じて足を進める。

表の古びた外観に対し、中は意外にも綺麗に整えられていた。江戸の郊外にある閑静な小料理屋の入り口か、そうでなければ洒脱な老人の住まう隠居所のような造りにも見える。

「い、いらっしゃいませ」

断りもせずに入り込んだ裄沢らを、初老の町人が迎えた。こぢんまりとした商家の主といった風情の男は、緊張しているというより、なぜか怯えているように見える。

「さ、裄沢様はどうぞ中へ――お供のお方のほうは、旦那のご用が済むまで、どうぞこちらの小座敷で寛いでておくんなさい」

機嫌を直した亥太郎は、まるでこの屋の主のように場を仕切ろうとする。

その案内に素直に従おうとした小者を、裄沢は制止する。

「与十次、一緒について参れ。ここに来たは、急ぎの御用だと言われたからだからな」

「えっ、裄沢様……」

驚きを顔に浮かべた亥太郎へ、裄沢は「違うのか」と無表情に問うた。

「……じゃあ、どうぞお二人ともこちらへ」

思惑がはずれた様子の亥太郎は、再び仏頂面に戻って奥のほうへと手を向ける。この家の主らしき初老の男は、慌てて先導に立った。

招じ入れられた座敷も小料理屋のような設えだったが、裄沢にはむしろ岡場所を想起させた。裄沢が座すよう示された席の隣には薄衣を纏った若い女が侍しており、続きの間のわずかに開けられた襖の向こうには夜具が敷き延べられているのがチラリと見えたのだ。

裄沢は、無言で示された席に腰を下ろした。小者の与十次はどうすべきか判らぬようで狼狽えていたが、舌打ちしそうな顔で新たな席を作った亥太郎の勧めに従い遠慮がちに膝を折った。

すぐに、膳が運ばれてくる。

二つ運ばれてきた膳の、二つ目をどこに置こうかと迷った様子の仲居へ亥太郎が「小者の前へ」と手振りで指図したところからすると、これは本来、亥太郎のための酒肴（しゅこう）だったのだろう。

「旦那様、どうぞ」

裄沢の隣に座る薄衣の女が、酒器（しゅき）を手に裄沢へ酒を勧めてきた。声は小さく、表情は硬い。

幼さが残るものの整った顔立ちの女で、肌が透けるのではというほどの着物の襟元（えりもと）も緩（ゆる）んではいるが、どう見ても商売女というよりは素人娘（しろうとむすめ）としか思えない様子をしている。手許（てもと）を見やれば、細（こま）かく震えてすらいるようだった。

「いや」

裄沢は酒器の前に手を出して酌（しゃく）を止めた。視線を、向かい側に座した亥太郎へ向ける。家の主は用を申し付けられたらすぐに対応しようと、座敷に入ってすぐのところで膝を折っていた。

「亥太郎、これはどういうことだ」

問われた男は、ヘラリと笑ってあっさり返答した。

「どうって、ご覧のとおりでさぁ」

「そなたは、急ぎの御用だと申して俺を伴ったのではなかったのか」

「まぁ、堅ぇことは言いっこなしで」

追加で運ばれた膳から手酌で口に酒を放り込んだ亥太郎を、裄沢はじっと見つめた。隣に座る女が、どうしていいのか判らずオロオロしているが、そちらは放ったままである。

　ここまできても態度を軟化させない裄沢に、亥太郎は表情を消して杯を置いた。おそらくはわざと立てたであろうカタンという音が、静かな座敷に響いた。

「旦那ぁ、裄沢様。ここまできて鯱張って身構えたまんまってえなぁナシにしましょうや」

「どうするかは、そなたの話を聞いてからだな」

　裄沢の返答を聞いて、亥太郎はヘッと嗤う。

「話も何も、見りゃぁ判んでしょうが——旦那の隣にいるその娘、まだちょいと未通女未通女してるとこがまたそそる、いい女でしょうが。

　そういうのはお好みからはずれておりやすかい？　なら、替えましょうか。他にも、選り取り見取りでいろいろ取り揃えておりやすぜ」

「ここへ通されたときに続きの座敷の中もチラリと見えたが、夜具が敷き延べられておるな。要するに、そういうことか」

吉原の遊郭をはじめ男の相手をすることに馴れた女を好まぬ客もいれば、女郎にならずに普通の家の女房や娘として日々暮らしながら、春をひさぐ女もいる。この仕舞屋は、そうした素人の女ばかりを集めて商売をする曖昧宿なのかと問うたのだった。

「ようやくお判りいただけやしたかい」

察しの悪い男だという内心が、透けて見えるような形ばかりのお愛想を浮かべて相鎚を打ってきた。

そうか、と応じていったん口を閉ざした裄沢は、声を厳しくして言い放った。

「よく判った。ここは隠れて営まれておる淫売宿ということだな――ならば亥太郎、そこなこの宿の亭主に縄を掛けろ」

六

突然の命に、亥太郎はぎょっとなる。戸口のところに座していた亭主は、顔面蒼白となって言葉も発せない様子であった。

江戸の御府内においては吉原のみがお上から許された遊郭であって、それ以外は全て「もぐり」での営業と見なされた。

深川などの岡場所をはじめこうした非公認の女郎屋は普段、お目こぼしで黙認されていたが、法令違反であることに間違いはない。

オタオタしながら、亥太郎はようやく言葉を発した。

「だ、旦那。何を」

「そなたが急ぎと申したは、夕刻以降でなければ実態が摑めぬからであろう――まあこれも、規模は小さいながら驚動と言って差し支えあるまい。そなたが見つけたからにはそなたの手柄だ。さあ、縄を打て」

驚動――警動、怪動などとも表記されるが、非公認の売春宿である岡場所などへの一斉摘発を意味する言葉である。松平定信から尻を叩かれるといった場合は例外として、通常は商売敵の横行に苦慮する吉原から訴えがあったときなどに、町奉行所の手によって行われた。

「なんでそんな……」

「驚くことはあるまい。そなたが急ぎの御用と申して案内した先で、確かに御法度破りが行われていた。ならば、やらねばならぬことは一つであろう」

「い、亥太郎さん……」

裄沢の断言に、亭主が震え声で亥太郎へ呼び掛ける。

お縄になれば無罪放免となるわけがないし、見世は潰れてしまう。亥太郎の言うことを聞いて客を迎えた結果何もかも失うことになりそうだとなれば、どうにかしてくれと願うのは当然だった。

呆気にとられていた亥太郎も、亭主から呼び掛けられて正気に戻った。招いた相手が思いがけずもここまでの石部金吉だと知ったからには、もう開き直るよりない。

「へーえ、今度の北町の廻り方にゃあ、ずいぶんとお堅えお人が就いたもんだ――口幅ってえことぉ言わしてもらうが、町人地の家々ったって、広くて綺麗な表通りだけじゃああありやせんぜ。俺らみてえなしがねえ貧乏人は、狭くて汚ねえ裏のほうで、せせこましくも何とか暮らしを立ててるんで。それが、町家に住まう者のほとんどだ。

当然、綺麗ごとだけじゃあ済まねえあれやこれやにも、いろいろと手ぇつけてまさぁ。お上の並べるもっともらしいお達しを、一から十まで全部きっちり守ってる野郎なんぞ、一人だっていやしねえさ。

あんた、裄沢さん。そいつを判ってらっしゃいやすかい。そういう頭の固え有り様で、町の裏っ側まできちんと見て回ることができるってんならお笑い種だぜ」

酒を飲ませ女を抱かせて懐に小判でも突っ込めば、容易く籠絡できるだろうとお気楽に考えていたところへ冷や水を浴びせられた。

ここで裄沢の命に従い亭主をお縄にすれば、望みが叶い裄沢から手札をもらって町中で大きな顔ができるようになるかもしれないが、その代償として、せっかく苦労して言うことを聞かせられるようになったこの曖昧宿を失うことになる。いくら廻り方の手札が咽から手が出るほど欲しいとはいえ、上納金が結構な実入りになる上に、粒ぞろいの女を好きにできる場所と引き替えにするほどの旨味はない。

むしろ「庇護してやる」と言った相手を売るようなまねをしたことが周囲に広まってしまえば、誰からも信用されなくなり今後やりづらくなることは明白だった。亥太郎の豹変は、どうしても裄沢の意に従うことのできない、退っ引きならないところへ追い込まれたことで生じたものだ。

亥太郎の啖呵にも、裄沢は眉一つ動かさなかった。

「そのようなこと、そなたに心配される謂われはない。俺が不適格なら、町奉行所(ごばんしょ)が間を置くことなく正すゆえにな」

　あっさり撥ね除ける言いようと態度に、亥太郎は失笑する。向けてきた目には、それまでとは違ってはっきり裄沢を見下すような色があった。

「ずいぶんとお偉(えれ)え言い草だが、そんな杓子定規(しゃくしじょうぎ)がこういうとこでも通用するって、ホントに信じていなさるのかい？　ずいぶんと、太平楽な考えをお持ちのようだ」

「町奉行所のやり方が通用せぬと？」

「ええ、そう申し上げておりやす」

　亥太郎は自信たっぷりに言い放ってきた。無言の裄沢へ、己の考えを披露(ひろう)する。

「こかぁ、裄沢様も見たとおりに隠れ淫売(しょうべえ)を商売にしてる曖昧宿だ。しかも、置いてるなぁ女郎衆なんぞじゃあなくって、ホレ、裄沢様の隣にいる娘っ子みてえな素人娘ばっかり集めてるとこさね。

　そんな、とってもまともたぁ言えねえとこで、好きに酒をかっ喰らい、銭も払わねえで女を抱いた上、袖の下までせしめた町方役人が、はたしてそのまんまお役に就いていられるもんでしょうかね」

「俺はそなたの案内に従ってここへ来ただけで、何も手をつけてはおらぬが？」

「御番所の皆さんに、そいつを信じてもらえるといいですねえ。なんだか裄沢様は、御番所の中で浮いていらっしゃって、ご同輩に敵も多いって聞きやすけど」

詳細を調べる手立てなどはないが、断片的に聞きかじった噂（うわさ）であった。半ば騙（だま）すようにして裄沢をここへ誘い込んだのも、この噂を耳にしたことからの企（たくら）みである。

亥太郎は勝ち誇った顔で続ける。

「御番所ン中でお独りっぽっちの裄沢様のおっしゃることと、おいらやここの主、娘っ子連中がみんな揃って申し上げることと、どっちが信じてもらえるでしょうねえ――まあ、御番所の体面が大事（でえじ）だと、最後にゃあ裄沢様の言い分のほうをお取り上げになるかもしれねえけど、そこに行き着くまでにゃあ大分（でえぶ）すったもんだがあるでしょうよ。今ここで一生懸命片意地（かたいじ）張って通そうとしてなさる、大義ってんですかい？　そいつを守るために、裄沢様も、ずいぶんとご苦労なさることになんでしょうねえ」

先々を思いやってか、亥太郎はずいぶんと楽しそうにものを言ってきた。

裄沢は、視線を亭主やいまだ隣に座す娘へと移した。

亭主は激情を無理に抑え込んだような顔を強張らせ、じっと裄沢を見つめている。いつの間にか横座りになっていた娘のほうは、諦めの混じった顔を俯かせていた。

亥太郎へと視線を戻し、裄沢は供の小者へと告げた。

「与十次、そこの亥太郎へ縄を打て」

「！　手前っ」

どこまでも敵対すると即座に態度を決めた裄沢に、亥太郎は先ほどまで見せていた余裕を失った。

裄沢は淡々と語る。

「町方役人を騙して罠に掛けんとし、脅そうとした罪は重い。御番所の面目に掛けても、引っ捕らえて罰せねばならぬ」

「……お前、本気でおいらとやり合おうってえのかい」

「自惚れすぎだ、自分を何様だと思っている。そなたなど、町方の役人が本気になるまでもない。前を塞ぐような無礼を働けば、ただちに召し捕って押し通るだけよ」

頭が固いだけの屁理屈屋で、強気で脅せば怯えてすぐに言うことを聞くようになると侮っていた男に、思いがけずもあっさり撥(は)ねつけられて頭に血が昇った。

「手前(てめえ)、ただじゃおかねえっ」

目の前の膳を蹴倒(けたお)す勢いで立ち上がり、懐に手を突っ込んだ。おそらくは、匕首(あいくち)を呑んでいるのであろう。

「与十次、何をしている」

裄沢は落ち着いた声で小者に呼び掛けたが、与十次は腰を浮かせたまま動けずにいた。

咎人が暴れ回るような捕り物において、数に任せて取り押さえお縄にするところまでもっていくのは、同心ではなく小者の仕事である。同心の手助けが期待できるにせよ、たとえ仲間の数が少なくともこの役割は変わらない。しかし、経験の浅い与十次にはまだ十分な心得がなかった。

若い与十次なら廻り方になったばかりの裄沢を侮ることもなかろうし、ともに育っていくには適任だろうという考えからの組み合わせだったのだ。まさか早々にこんなことになるとは、小者の頭格(かしらかく)の男をはじめとして奉行所の誰も思ってはいなかった。

内心で溜息をついた裄沢は、右脇に置いていた刀へ手を伸ばした。すでに、お役に就く際の刀は刃引きに差し替えている。

——怒らせた後の様子を見ると、この男は思っていたよりは剽悍そうだが、与十次と二人懸かりなら何とか取り押さえられるか。

後は、与十次が気を取り直してまともに動けるかどうかであった。

——与十次に活を入れるべきか。

緊迫した睨み合いの中で、裄沢は冷静に考える。

大声を上げれば今の膠着が破れ、亥太郎が向かってくるきっかけとなってしまいかねない。与十次が気を取り直すのとどっちが早いか、考えどころであった。

とはいえいつまでも迷い続ければ、そのうちに亥太郎が動き出してしまおう。

——さて、どうするか。

わずかな動きも見逃さぬよう亥太郎を見つめながら決断を下そうとしたとき、座敷の入り口のほうで新たな人影が動いた。

人影は断りなく大胆に座敷へ踏み入ると、不意の侵入者に戸惑って対処しきれずにいた亥太郎を簡単に取り押さえてしまった。

「与十次、いつまでもボッとしてんじゃねえ。旦那のお申し付けだ。さっさとお縄にしねえか」

闖入してきた人影に叱りつけられた与十次は、金縛りが解けたようにようやく動けるようになった。その与十次が、人影が誰かを見定めてひと言呟く。

「三吉さん……」

突然現れた人影は、ついこの春先まで北町奉行所で小者のまとめ役をやっていた三吉であった。

七

ときはわずかに遡る。

先日、亥太郎が初めて裄沢に声を掛けてきた日。目的を達せずに亥太郎が去った後、これに続くように呼び掛けてきた人足姿の男が三吉だった。

三吉は、小者の頭格から仲間を集めての捕り物の稽古指導を任されるほどに信頼を得た、腕も確かな熟練の小者であった。やむにやまれぬ事情があって奉行所内で盗みを働いたものの、お奉行から情けを掛けていただき、捕らわれることなく姿を消していた。

「息災(そくさい)であったか」

裄沢は平素と変わらぬ声で問うたが、内心では突然目の前に現れた三吉の変わりように驚いていた。町奉行所を辞してからのこの男の暮らしが思いやられた。

「はい、ありがとう存じます」

応(こた)えた三吉の声も、ずいぶんと落ち着いて聞こえた。

「姪御(めいご)の容体は？」

長患(ながわずら)いで臥せる幼い姪の薬代(やくだい)のために、出してはならぬところへつい手を出してしまったのが、三吉が奉行所から離れるに至った原因だった。

「お蔭(かげ)様をもちまして、だいぶんに快方へ向かっております」

この言葉を告げたとき、三吉の目が柔らかくなる。

「それは何より」

己の勤めを犠牲にしたのだ。そのぐらいの幸(さち)はもたらされて当然だろうと、裄沢は三吉のために喜んだ。

小さく頭を下げた三吉は、周囲を憚(はばか)るように目を配る。

三吉が罪を犯した事実は、北町奉行である小田切や裄沢ら、数えるほどしか知る者がいない。それでもこの男にとって北町奉行所は、近づいてはならぬと自らを戒める禁忌の場所なのであろう。

「裄沢様、先ほどの男は？」

しばらく消息を絶っていた三吉の身の上や心情に思いを馳せていると、当の相手からこちらに関する即物的な問いが発せられた。

「なに、手札をねだってきた御用聞きというだけだ」

「お相手にはなさらなかったようですけれど、あまりまともな男にも見えませんでしたが……」

三吉は、亥太郎と名乗った男が去っていった方角へ目をやりながら案じる口ぶりで述べた。

裄沢はそれよりも、北町奉行所の近くで足を止めている状況を憚る様子だった三吉が、それを措いてこちらの様子を気に掛けてくれていることのほうを懸念した。

「三吉。そなた、すぐに帰らずともよいのか」

ハッと気づいた三吉が頭を下げてくる。

「これは、お引き止めしまして」

「いや、俺は構わぬのだが」

どうせすぐに帰ったところで、待っているのは組屋敷で下働きに使っているむさい男が二人だけである。

その言葉を聞いて、三吉は何ごとかを決意した口ぶりで言ってきた。

「裄沢様。もしできましたら、この後しばらくお付き合いを願えませんでしょうか」

真っ直ぐこちらを見てきた相手へ、首を横に振ることはない。しばしのときをもらう許しを得て、裄沢はいったん奉行所へと帰った。

裄沢は、この日の仕事を終えた旨の報告をして足早に奉行所を出た。同様に帰宅しようとしている朋輩に、「戻りは遅くなる」と自身の組屋敷への伝言を委ねることができたのは、町方同心がいずれも八丁堀に蝟集して住まっているからだ。

人の顔もよくは見定められぬほどに陽が暮れてきた道を、呉服橋を渡った裄沢はお濠沿いに南へ歩む。いつの間にか三吉が、裄沢の背に従うように足並みを揃えていた。

入る見世を任せられた三吉は裄沢の前に立つと芝口南まで足を進め、土橋という別称のある二葉町(ふたばちょう)の一杯飲み屋へ誘(いざな)った。

「こんなざっかけないところで申し訳ありやせん」

「いや、俺らが普段行くところと大して違わぬ」

とは返事をしたが、このごろ裄沢行きつけの一石橋(いちこくばし)の蕎麦屋(そばや)兼一杯飲み屋と比べると、だいぶ小綺麗な見世だ。

三吉は顔馴染みなのか、愛想よく迎えた小女の並べた酒肴を前に、二人はほんのわずかに沈黙した。

客はそこそこ入っているが、二人の席から喧噪(けんそう)は遠い。

酒が満たされたぐい呑みから視線を上げた三吉が、思い切ったように口を開く。

「裄沢様、あっしにはお詫びしなきゃならねえことがございます」

突然のもの言いにも、裄沢に驚いた様子はない。

「どこからかは知らぬが、見廻りをする俺を尾(つ)けていたことか」

この返答に、三吉のほうが目を見開いた。

「ご存じだったんで……」

「そなたのその格好、御番所近くに行かざるを得なくなっても知り合いに見つからぬようにと、考えた末の扮装であろう」

「……そこまでお見通しで」

「そなたが声を掛けてきたとき、すでに判っていたわけではない。気づいたのは、ここに来てからよ。

見回してみれば、この見世の造作は悪いものではないし、客筋もそれなりによさそうだ。どう見ても日雇取り（日雇い人足）にしか見えぬそなたの格好に相応しい場所ではなさそうなのに、見世の奉公人も他の客も誰も気にしてはおらぬ。

さらに言えば、向こう端のほうでは相席をしていそうな者がおるほどの客の入りなのに、我らの周りはぐるりと席が空いている——まるで、我らの話を耳に入れてしまったりせぬよう遠慮しているかのようにの。俺が廻り方そのものの身なりをしているからとも言えぬではないが、見世のそなたへの対応と併せて考えれば、自然と別な答えが見えてくる——そなたはここの顔馴染みというばかりでなく、一目置かれた存在であるはず。なればその姿も見せかけに過ぎぬ、とな」

説明を聞いた三吉がフッと笑みを見せた。

「畏れ入りました。さすがは裄沢様にございます」

「で、俺にどんな用があった」

三吉が奉行所を辞めるに至った経緯に、裄沢による所内の探索が少なからず関わっているからには恨まれていてもおかしくはないが、この男の性根や辞めた際の言動を勘案すれば、そんなことはないと断言できる。それにもし恨みに思っているなら、こんな声の掛け方や誘い方をしてきてはいまい。

「こんなことを申し上げて信じていただけるかどうかは判りませんが——」

理由を話し始める前に視線を逸らしたのは、どう話すべきか考えをまとめるためであったろう。

「あっしは御番所を立ち退いてからずっと、いつの日かご恩をお返ししたいと願い続けておりました」

「恩？」

「はい。あっしは、捕らわれても仕方のないところを裄沢様に情けを掛けていただき、今もどうにか暮らしを立てていられます。辞めてより後も、どうにか姪っ子のための稼ぎを得られてきました」

「そなたに情けを掛けられたのは、お奉行様だ。恩を感じる先が違おう」

「お奉行様ももちろんのことにございますが、あっしにとっては裄沢様も同じく恩を感ずべきお方にございます。八丁堀は金六町の古道具屋であっしをお見掛けになったとき、すぐにも召し捕ることがおできになったでしょうに、それをなさらなかった」

「あのころの俺は、ただの内役だ。人を召し捕るようなお役じゃなかった」

「しかし、手前が起こした盗みの内偵を命じられていらっしゃったのでしょう」

さすがに長年小者として仕え続け、上からも覚え目出度かった男。事後ではあろうが状況はしっかり理解できていたようだ。

「そればかりではございません。裄沢様に見られたと知ったあっしがお奉行様の前で我が罪を白状せんと罷り出たとき、お奉行様はまだ何もご存じではおられなかった――裄沢様は、あっしが自分から申し出るまで、じっと心の内に収めたまま待っていてくださった。ただの小者でしかない男なれば、バレたと知って早々に逃げ出したかもしれぬのに」

「それは思い違いだ。あのときはただ、そなたがお奉行に会うまで報告する機会がなかっただけ」

「そうでしょうか」

裄沢の言を、信じてはいない目をしていた。

「たとえそなたの考えが当たっていたとしても、そなたを罪に問わなかったのはお奉行様。俺よりも、ずっと大きな恩がお奉行様に対してあろうに」

「はい、おっしゃるとおりにございます。ですが、元の小者で今は御番所とは何の関わりもなくなった身となれば、直接お奉行様にご恩を報ずる機会などはありませぬ――なれば、裄沢様のお役に少しでも立てれば、直接裄沢様のご恩に報いることができる上に、お奉行様へのご恩返しにもなるはずと思い定めました。

　そうした気持ちはずっと持っておったのですが、どうにか今の暮らしも落ち着いて他へ目を向けることもできるようになったのと、ときを同じくして裄沢様が定町廻りのお役に就いたという噂を耳に致しまして。じっとしていることができずに、勝手にこのようなことをしでかしました」

「……俺の後を尾けて様子を窺ったと」

「はい。あっしにもお手伝いできることはないかと、ご迷惑様ながら様子を見つつ後をついて回っておりました。

　気味の悪いことをとお叱りを受けても仕方のないことです。ですが、それも無駄ではなかったかもと――裄沢様。あっしも小者として、それなりの月日を重ねてきた男です。廻り方の旦那のお供として、何人もの御用聞きを見てきました。

　そのあっしから見て、裄沢様に声を掛けてきたあの男の様子には、どうにも引っ掛かるものがございます。

祈沢様からも御番所からも、何も頂戴しようなどとは思っておりません。あっしのほうで勝手にやらかそうとしてることです。どうかあっしに、あの男のことを探らせちゃあもらえませんでしょうか」

三吉は、深く頭を下げた。

祈沢はしばらく無言で考える。そして、問いを発した。

「三吉。そなたの今の仕事は？」

「御番所を辞めた当初はこの身なりそのままの活計をしておりました。そうしたある日、川浚えをしているところへ昔の知り合いに声を掛けられまして。その縁で、今は仲神道の以蔵という、芝界隈の神社仏閣のいくつかに持ち分がある香具師の元締のところでお世話になっております」

香具師は、祭りや大通りの道端など人の通りのあるところで、物を売ったり見世物興行を打ったりする商売人のことをいう。ただ、祭りや市にせよ路傍にせよ、客が多く付く場所は決まっているから、放置しておくと香具師同士の場所取りが血を見かねないような争いになる。

これを捌いて客の迷惑にならぬように香具師たちに商売をさせるのが、香具師の元締の仕事だった。

「もし俺の手伝いをするとして、その間、本来の仕事はどうするのだ」

常連客であろう三吉が扮装をしていることに見世の者や客が動じていない点を見て、いったい香具師の元締の下でどんな仕事をしているのかと疑問に思ったが、こうした場所でも周囲から十分な配慮を受けているところからすると、すでに相応の立場になっているのだろうと判断できる。

拾ってもらった身でもあろうし、仕事を勝手に放り出していいとはとうてい思えない、という窘めを含んだ問いだった。

三吉は、少しも逡巡するところなく答える。

「元締にお世話になるときに、御番所を辞めた経緯については隠すところなく洗い浚い申し上げております。元締からは、『そのご恩を忘れるんじゃねえぞ。少しでもお返しできる機会を見つけたら、こっちのことは構うんじゃねえ。真っ直ぐご恩返しに身を投げ出すんだぜ』と言っていただいております」

「……今日のことは」

「元締に相談しましたら、『こんなとこで何ぃのんびりくっ喋ってる。さっさと行ってこねえか』と尻を叩かれて裄沢様のところへやって参りました」

桁沢が三吉の願いを受け入れたのは、たとえ拒絶しても勝手に動き回るだけだろうと思ったからだった。

翌朝、市中巡回に出る前に、芝界隈を受け持つ定町廻りの入来平太郎へ、仲神道の以蔵という香具師の元締を知っているか訊いてみた。

「ありゃあ、裏の世界に片足突っ込んだ連中の中じゃあ、珍しく道理をわきまえた男だ——あの以蔵に、何か不審でもあったのかい?」

そう訊き返されたが、桁沢の手伝いに力を入れることで三吉に無理な負担は掛かるまいと、これでいちおうの得心はできた。

八

桁沢の取り込みを狙った亥太郎は、言葉巧みに曖昧宿へ誘い込み目的を果たさんとして失敗するや、開き直って脅しを掛けてきた。そこへ折りよく三吉が乗り込んできたのは、事前に桁沢と示し合わせて後を追い、気づかれぬように宿の中まで忍び込んで様子を窺っていたからだった。

桁沢の前に亥太郎が再び現れる直前まで、市中巡回する桁沢の行動を気に掛けつつ、三吉は亥太郎がどのような人物なのかを探っていた。

裄沢が見廻りで歩く順路は前日までに決まるから、深川に近づくまでは目を離していることができたし、亥太郎が現れてもおかしくない場所へ裄沢が到達する刻限もおおよそ予測ができたのだ。

　奉行所の小者であった経験から聞き込みには馴れていたが、たった独りでの探索ゆえに亥太郎の出自や後ろ楯の有無といったことまで探り出すことはできなかった。それでも、為人については当人に勘づかれることなくある程度までは調べ出せている。

「蛇みてえにしつこくて惨い男だ。あいつに『搾り取れる』と見定められちまった相手は、干涸びるまで喰らい尽くされちまう」

　誰に聞いても、似たような答えしか返ってこなかった。

　では、亥太郎が入船町に現れるまでここら一帯を取り仕切っていた者は何をしているのか。それを知って語ってくれる者に行き当たったのは、裄沢が曖昧宿へ誘い込まれる前日のことだった。

「ここいらはもともと、善五郎さんって地回りの親分さんがまとめてた。それを、右腕だった鼬の万平って野郎が追い落としたんだが、裏じゃあその亥太郎って男が万平に策を授けたり、子分どもに万平へつくよう口説き落としたりしてたって話がある。万平は縄張りを自分の物にできたことで浮かれて、亥太郎が何をやろうが目ぇ瞑ったまま好きにさせてるらしい」

どうやら万平という男には親分の座に就くだけの器量はなさそうで、気がついたときには亥太郎に全て奪われていそうに思えた。

そうした話を、三吉は裄沢に逐一伝えて、あの曖昧宿の捕り物の場面に至ったのだった。

三吉の助力を受けた若い小者の与十次に縛り上げられた亥太郎は、それでも太々しく胡坐を組んで嘯いた。

「へん、たかが小役人風情が、俺様をこんな目に遭わせてただで済むなんぞと思っちゃいめえな」

「ただで済まなければどうなる」

裄沢が淡々と問うた。亥太郎は口の端を引き上げつつ答える。

「ここいら辺りは、もうおいらの手の内だ。やろうと思やあ何だってできるってことよ。じっくりときを掛けて目ぇ盗んでの、小役人への悪戯だって何だってなぁ。

ところがお前さんは定町廻りとあっちゃあ、どうあったって見廻りから逃れることぁできねえ——どうでえ？　不意に横合いから刃物が突き出されたり、屋根の上から瓦が落っこってきたり、ああ、塀に立て掛けられた材木が何本も倒れてきたりするかもしれねえなぁ。毎日気ぃ安まることなく見廻りを続けるってえのも、楽しそうだねえ」

「そのためには、そなたが無事で娑婆に出てこなければならぬな。町方を騙してお役目を中断させ、果ては脅して言うことを聞かせようとした男にそれが叶おうか」

「フフン。ここへ来ていただいたなぁ、日ごろのご苦労を労うためよ。あんたが言う『脅し』だって、たぁだちょいと冗談口にしたのを、お堅いお役人様が真に受けちまっただけの勘違いさぁね。

お前さん方以外はみんな、おいらの言うことに頷いてくれるからよ、そう大した罪になるはずはねえ。まあせいぜい、敲きか江戸所払いってとこかな——その後はどうなるか、大いに楽しみにしとくんだな」

敲きであれば、処断が終わればそのまま放免となる。所払いだと指定された区域には立ち入れなくなるという建前だが、草鞋を履いていれば「旅の途中で通過しようとしているだけ」として見逃された。

つまりは亥太郎の予測が当たったなら、今後も亥太郎は実質的に入船町の界隈に力を及ぼし続けられることになる。これが、いまだ裄沢へ強気に出られる理由だった。

しかし、裄沢にたじろぐ様子はない。

「そなた、俺が定町廻りを命ぜられる前、どんなお役に就いていたか知っているか」

「何とかいう、書き物仕事をずっとやってたそうじゃねえか。そんな弱っちいのが意地ぃ張って粋がったって、たぁだ大怪我する因んなるだけだぜ」

「ほう、少しは調べていたのだな――そなたが口にした俺の書き物仕事のお役を、用部屋手附という。これからそなたに関わることで言えば、入牢証文を出す仕事よ」

だから何だという顔の亥太郎へ、続けて言う。

「つまりは、そなたを牢屋敷へ送るための手続きについては一切合財知り抜いているし、つい先日まで机を並べていた仲間に頼めば、ある程度までなら証文の文句をこちらの求めるようにしてもらえるということだ」

「へっ、牢屋に送るための紙をどうこうしたって、吟味までは口出しできめえ。なら、どうってこたぁねえ。こっちにゃあ牢屋ん中で主になってるような古株の知り合いもいるし、外と変わらねえぐれえ心地よく暮らせるぜ」

牢屋敷の大牢の中では、囚人たちによってある種の自治的な運営がなされていた。新入りは肩身の狭い思いをすることになるのが普通だが、牢名主や添役といった権力者と懇意であれば優遇してもらえたのだ。

せせら嗤う亥太郎へ、裄沢は冷ややかに告げる。

「それはどうかな。証文をこちらの求めるようにできると申したろう」

「だから、紙っ切れの文字をどうこうしようが、屁でもねえって言ってんだろうが——それとも何かい、ありもしねえ罪までデッチ上げるかい？　そんなことがバレたら、いくら町方役人だってただじゃあ済まねえぜ」

「そんな無茶はせぬ。有り体に書くだけよ——『入牢者は、自称御用聞きの亥太郎である』とな」

「なっ」

裄沢の存念を聞いた亥太郎は一瞬で顔色を変えた。

入牢証文にわざわざ「入牢者は御用聞きだ」と明記するということは、牢に入れられるときもそれが囚人達に伝わるようにするという意味だ。

前述の通り御用聞きには元犯罪者や犯罪に片足突っ込んだような生き方をしてきた者が多く、そんな人物が手先となってお上の手伝いをすることを囚人たちは「裏社会の裏切り者」として忌み嫌っていた。このような人物が牢に入れられた場合、私的な制裁で惨たらしい死を迎える事例が少なくなかったのだ。

「お、お前まさか……」

「確かにそなたの申すとおりに吟味が進めば、出されるお沙汰もその程度であろうが、果たして裁きを受ける日まで無事でいられるかな」

「待て。待ってくれ。俺が悪かった——」

それまでの態度を一変させ顔面を蒼白にして怯える亥太郎へ、裄沢は目もやらずに命ずる。

「与十次、引っ立てよ」

三吉が縄目を取った与十次の脇について、亥太郎がいつ暴れ出しても対処できるように補助をする。

「あの……」

続いて座敷から出ようとした裄沢の背に声が掛かった。

振り向けば、曖昧宿の亭主がこちらを見つめていた。亭主は、おずおずとした態度で尋ねてくる。

「手前どもは、どうすれば……」

半ば座敷から出た格好だったから、膳を運んだ女たちや板場の庖丁人らしき男が廊下の向こうからこちらの様子を覗(うかが)っているのも目に入っていた。

「捕り物は終わった。邪魔をしたな」

「は？」

裄沢の言葉に、亭主は耳を疑う。

「この見世についてか？　亥太郎なる騙(かた)り者(もの)の申したこととなれば、信ずるには足らぬ。町方役人を騙し脅しつけてくるような不埒者(ふらちもの)を召し捕ったれば、俺の仕事はそこまでで終(しま)いよ」

吉原以外で春をひさぐ商売は全てご定法(じょうほう)に触れているが、かといって町奉行所がこれを積極的に取り締まったという事実はない。風紀の乱れが見逃せなくなるような商売の仕方をする者が現れたり、吉原からの陳情(ちんじょう)が見ぬふりのできなくなるほど高まったりしたときに、ようやく重い腰を上げるのだ。

それは、すでに人口百万を超えていたと評され、かつまた参勤に随身して出府してきた諸大名の勤番（藩邸で勤務につく国許の家来。ほとんどが単身赴任者）など男の割合が大きく女を上回る江戸の町で、遊郭が吉原ただ一カ所ではとうてい賄いきれないという認識があったからだろう。

一方では、たとえば食い詰めた浪人者の妻が夜鷹（最下級の街娼）となって客を引き、夫は妻が客の相手をしている間は覗きや置き引きなどを警戒しての見張り番に立つ——そうでもしなければ生きていけないという現実があった。

ここの曖昧宿にいる娘たちも、家族の暮らしをどうにか成り立たせるために今の仕事を選んだはずだ。世話の必要な病身の身寄りを抱えていて、活計の金が必要でも長い間は働けないといった、事情のある者がほとんどだろう。

裄沢とて、全てがご定法どおりであればよい、などという太平楽な考えを持ってはいない。

驚動に引っ掛かった女郎たちは当人への対価なく吉原で年季奉公させられる決まりなのだが、それでは残された家族はどうなるのか。もしここで曖昧宿の亭主だけをお縄にして娘たちを解放したとしても、それで娘たちが幸福になれるとも思えない。おそらくは同じような稼ぎをする他に活計の手立てはなく、だとすればここよりは遥かに劣悪な境遇に自ら墜ちていくことになるであろうと予測できた。

「旦那、裄沢様……」

亭主が、感極まった声で呼び掛けてきた。

顔だけ振り向けた裄沢が亭主に問う。

「そなた、臨時廻りの室町さんは知っておるか」

「お顔だけは」

「亥太郎がいなくなれば、鼬とかいう男がしゃしゃり出てくるかもしれぬ。我慢がならぬような扱いをされそうなら、こんなふうになる前に相談を持ち掛けてみよ。あのお人なら、悪いようにはせぬはずだ」

「それでは……」

「済まぬな。俺は臨時の代役で、わずかな間しかこのお役に就き続けられぬ。室町さんには俺からよく話をしておくゆえ」

そのまま、先に見世を出た三吉らを追って出口へと向かった。

背後では亭主が、畳に額を擦りつけるほどに深々と頭を下げていた。

自分の隣に座った娘も膳を運んだ者も擦れてはいない。己の住まいに戻れば、ろくに贅沢もしないただの町娘としてつましく暮らしているのであろう。娘たちは皆、亥太郎に対しては恐怖と嫌悪を隠せずにいたようだが、曖昧宿の亭主に対しては悪感情を抱いている様子はなく、むしろその身を案じている気配すら感じさせた。

裄沢はそれを見て、ここが娘たちにとっては安心して働ける場所であり、亭主はそう在り続けるべく娘たちへ十二分に気を配りながら商売をやっているようだと判断した。

だから、下手に宿にまで手をつけるようなまねはすまいと行動したのだ。

一方亥太郎は、ご定法に触れる後ろ暗い商売だという弱みにつけ込んで入り込み、この見世を乗っ取ろうとしているのだと思われた。

裄沢が自分のことだけを考えるならば、座敷の様子を目にしたとたん、ただ裾を払ってそこから出ていくだけでよかった。亥太郎は四の五の言ってきたかもしれないが、それだけの関わりであればまさか天下の定町廻りに向こうからちょっかいを掛けてくることはなかったろう。

しかしもし裄沢がこの場を放置したまま去っていたら、亥太郎の手によって娘たちの安心して働ける場が地獄に変わっていたものと思われる。

娘たちにとって都合のよいときに働きに来ればよかったところが、家の事情などお構いなしで、岡場所の女郎のように常に客を取らされるようになる。とはいえこのようなところで働いていることは周囲には隠していようから、亥太郎から逃げたくとも逃げ出せない。

さらに亥太郎のような男であれば、無理矢理手籠めにしたり女コマシを使って騙したりした娘を集めて、商売の手を広げようとしてもおかしくはない。女郎のような扱いを受け続けて新鮮味のなくなった娘は、江戸から連れ出して街道の飯盛女（宿屋が女給の体裁を取り繕わせて置いている女郎）として売り飛ばすようなことにまで手を染めたであろうと容易に想像がつく。

だから、亥太郎をそのままにしておくことはできぬと判断した。

入牢証文に御用聞きだと明記すると言ったのは半分は脅しであるが、やらなければ牢を出た亥太郎によって娘たちに被害が及ぶと思えば、逡巡することはない。

ただ、亥太郎に対する自分の見方が絶対に正しいとは思っていない。人の命に関わることでもあり、周囲の助言を受けた上で結論を下そうと考えていた。

――とりあえずは、室町さんに相談だな。

ちなみに、今は月の下旬でまだ南町が月番だが、だからといって北町の者がいっさい召し捕りを行わないというわけではない。たとえば自分らが月番のときに起こった殺しや盗みなどで、月が変わってから手を下した者が明らかになれば、お縄にするのは当然、前月に月番で事件を担当した自分らになる。

先日、地回りの子分が刃を向けてきたのを来合が取り押さえた一件もそうだが、見回っている最中に目の前で騒ぎが起きれば取り鎮めるのも捕らえるのもその場にいた同心が行う。こたびは巡回中の裄沢当人が被害を蒙った一件なので、自身で召し捕っても何の支障もないのだ。

それからついでに、これもつい先日、与力の甲斐原まで出役して大勢の捕り方を率いた一件だが、これは大奥絡みで通常の案件とは扱いが違うため、南北二人の町奉行が相談の上どちらの扱いとするか決めたのかもしれないが、おそらくは老中から直に北町奉行へご下命があってのことだったろう。

表に出れば、もう星の瞬きが見えるほどに周囲は暗くなりかけていた。奉行所へ戻るべき刻限はもうとうに過ぎているが、まだ亥太郎を大番屋へ送る仕事が残っている。

――同心詰所（つめしょ）では、すでに戻った廻り方のみんなに心配を掛けているかもしれないな。

そんな思いを頭に浮かべつつ、裄沢は陽が落ちてもまだ生温（なまぬる）い風を受けながら足を踏み出した。

第二話　畑の死人

一

　慣れない歩き仕事で疲れているためか、前日が非番（休日）であったにもかかわらず、裄沢は久しぶりに下働きの茂助が起こしに来るまで目を醒まさなかった。

「旦那様、銀太さんが来ておりますが」

「む、そうか。すぐに支度する」

夜具から出ると、もう一人の下働きの重次が洗顔と漱ぎの盥を持ってくる。

急ぎ顔を洗い、寝間着のまま茶の間へ向かう。

廻り髪結いの銀太は、すでに縁側で支度を済ませていた。

そこへ、裄沢が座す。

「ご無礼致します」

　無口な銀太がひと言だけ断って、裄沢の両肩を背後から手拭で覆(おお)った。

　定町廻りや臨時廻りの組屋敷には、毎朝このように髪結いがやってきて御髪(おぐし)を整える。銀太はもともと、現在怪我で静養中の来合の世話をしていた男だが、そのころから来合の指図で三日に一度ほどの割合で裄沢の髪もいじっていた。

　来合の代役として裄沢が定町廻りのお役に就いている今は、銀太が二人の組屋敷を訪れる頻度(ひんど)が逆転している。これも、来合が銀太に命じてやらせていることだ。

　銀太の仕事中、縁側には沈黙が広がる。裄沢から話を振らないと、無口な銀太はほとんど口を開かないのだ。

　如才(じょさい)のない者の多い髪結いの中で、はたしてこれで商売が成り立っているのかどうか。こうした廻り髪結いは出先で仕入れた話を廻り方の同心に伝えることで手先としての役割も担(にな)っているのだが、こんな調子でそちらの仕事にも支障は生じていないのか、裄沢は以前から不思議に思っていた。

　そして、その疑問は己が定町廻りに任じられた今も解消していない。

　銀太が、裄沢の頭をあたるときと来合のそれとは態度を変えており、今も来合には仕入れた噂話を伝えているのか、あるいは裄沢にも来合にもこうした態度でいて、来合はずっとそのままにしてきたのか、考えても判らない謎である。

とはいえ、裄沢にそれをどうこうしようという気持ちはない。来合に問うこともしないし、銀太に「やり方を変えよ」と言うつもりもなかった。

己は、来合が仕事に復帰するまでの代役でしかないからには、来合が戻ったときに変わっているべきことではないと思うからである。

「このごろ、何か変わった話を耳にすることはないか」

それでも、自分からそう持ち掛けたのは、毎日やってくる男と費やす沈黙のときが息苦しくなったことだけが理由だった。

頭の始末が終わって銀太を帰すと朝飯になる。白米に味噌汁、漬け物と偶に焼いた小魚がつく程度の質素な食膳ではあるが、町家と同じく朝に一度しか飯を炊かない自分のところでは、炊きたての白米だけでもご馳走だというのが裄沢の考えである。

その裄沢が定町廻りに着任すると、いっときは膳の菜（おかず）がひと品増えた。ほんのいっときのことではあったが。

裄沢は、台所を預かる重次へ質素にせよと叱ったわけではない。ただ、「お前たちと同じ膳になっているか」と問うただけである。次の日から、膳の品数や菜の質は元の状態に戻った。

食事を終えれば着替えだが、裄沢は他人の手を借りずに独りで支度することが習慣づいている。とはいえ、さすがに着替えを用意するのは茂助がやってくれていた。

乱れ箱（衣類などを入れるのに用いる蓋のない浅い箱）の中の、折り畳まれた着物の上に載った真新しい紺足袋を見て、裄沢は溜息をつきそうになる。足袋が新しいのは今日ばかりでなく、定町廻りになってから仕事に出る日はずっとこうなのだ。

定町廻りは一日中外を歩く仕事だから、仕事終わりの夕刻になると、足袋は土と埃にまみれる。そして紺足袋は、汚れが落ちるまでしっかり洗えばどうしても色が落ちるから、履いているのが下ろしたてかそうでないかは一目見れば誰もが判る。

だから、あえて新しい紺足袋を身に着けて毎日履き捨てるのが「廻り方の粋」なのだそうだ。裄沢には、どうにも無駄なことに思えて尻の据わりが悪いのであるが。

それでも、これぱかりは「無用の悪弊(あくへい)」などとして己独り反旗(はんき)を翻(ひるがえ)すわけにはいかなかった。

町の衆から裄沢一人が笑い者になるだけで済むならまだしも、南町の廻り方から北町の廻り方全体を軽く見られかねないように思えるからである。

黄八丈(きはちじょう)の単衣を着流しにした裄沢は、その上に絽(ろ)の黒羽織(くろばおり)を纏った。世の中こう暑くなってくると羽織は不要に思うのだが、これもまた廻り方の決まった衣装だということになっているからには従わざるを得ない。

まあ今から半年後に、生地(きじ)の厚さや素材を変えるとはいえ、同じ着流しに羽織だけの姿で寒風吹きすさぶ町を歩き回ることを考えれば、まだずっとマシだとは思うのだけれど。

幸いにしてその前には、裄沢は復帰した来合と代わってお役御免となっているはずだった。

裄沢が町奉行所(ごばんしょ)に着いた後同心詰所に顔を出すと、臨時廻りの室町はもう出仕してお茶を飲んでいるところだった。

「お早うございます」

「おう、お早う――昨日は、特に何にもなかったぜ。穏やかな一日だったよ」

裄沢はすでに補助を受けずに一人で市中巡回をするようになっていたが、昨日は非番であったために室町が代わりに町を回っている。連絡事項の引き継ぎは必要だった。

そうですか、と応じた裄沢へ、室町は何か気になったように訊いてくる。

「ところでお前さん、今表門のほうからじゃなくって、玄関のほうからやってこなかったかい？」

裄沢や室町がいる同心詰所は、表門に連なる長屋塀の一部であるから、入り口のほうを向いて座っていた室町には左手から姿を現すように見えるはずだった。ところが今日の裄沢は、表門から前庭を隔てて建つ町奉行所本体の建物のほうから真っ直ぐ歩いてきたように思えたのだ。

「ええ。少し早出して、調べ物をしましたので」

何を調べていたのか疑問に思ったものの、自分に関わりあることなら訊かずとも言ってくるだろうと、室町は伝達すべきことを口にした。

「ああ、そういやあ吟味方から、お前さんを脅してきた野郎の詮議について判ったことを伝えてきた」

御用聞きとして手札が欲しいとつき纏い、終いには恫喝してきた亥太郎のことである。

「ほう、何か新たに判ったことでも？」

「ああ、亥太郎ってえのは偽名で、ホントの名は猪吉ってえらしい。赤坂御門外のほうの地回りでけっこう羽振りを利かしてたんだけど、大失敗りをやらかして逃けてた野郎のようだ」

赤坂御門外は江戸城から西南西の方角、外濠を渡った先になる。捕まった深川の入船町とはお城を挟んで反対側に近くなる。

「何をやったんですか」

「半年ほど前に、周りを牛耳ろうってんで大博打を打ったのがバレて総スカンを喰らい、子分どももみんな放り出してほとんど一人で姿を晦ましたってよ。もともと裏じゃあいろいろと酷えことを繰り返してたんだが、その大博打を打ったときゃ逃げるときに、形振り構わず悪事を重ねたらしくて、そっちの罪だけで下手人（死罪）は免れねえそうだ」

「そうですか……」

これで、入牢証文が出る際に余計な細工を頼まなくて済むと、肩からいくらか力が抜けた。その労力を厭うたというより、やはり策を弄して他人の命を奪うことに、やむを得ないことであっても罪悪感が疼いてはいたのだ。

亥太郎改め猪吉は、根城にしていた赤坂御門外を這々の体で逃げ出し、身一つで深川の入船町近辺に隠れ潜んだ。ところがそこで、親分の追い落としを密かに狙う鼬の万平と出会ってしまう。

それまでの栄華から直近の零落まで一挙に暗転した男だ。「このままでは終われねえ、何としてでも這い上がらねば」という焦りがあったから、あれほど強引な手に出たのかもしれない。

息を潜めて隠れているしかなかった猪吉は、万平に知恵をつけて親分の善五郎追い落としを成功させた恩人として、万平が善五郎から奪い取った縄張り内でなら好き勝手できる身分にまで持ち直した。

さらにあの曖昧宿に目をつけて、再びのし上がっていくための資金源にせんと乗っ取りにかかっていたのだろう。

そして次なる狙いを、成り立ての新米定町廻りである裄沢に定めた。猪吉は裄沢からもらう手札を利用して町家へ威勢を振るうとともに、町方役人の裄沢すら色と脅しで雁字搦めにし、手駒として使おうと企んだ。

——まさか、聞いた話ではずっと内役をやってたらしい青瓢箪が、こんなやさぐれだとは思わなかったんだろうな。

またようやく運が向いてきて、トントン拍子に進んだことで調子に乗った猪吉からすれば、とんだ藪蛇だったかもしれない。

「で、その亥太郎——てえか、猪吉が潜り込んでた入船町だけどな」

「？」

「あの辺り一帯を取り仕切ってた善五郎が、獅子身中の虫の鼬を追い出して返り咲いたそうだ」

「ほう。よくそんなことができましたね」

「まぁ、それだけ周囲からの人望があったんだろうよ」

裄沢は室町をじっと見る。

「何か、されましたか」

「いや。猪吉の絡みで、鼬とその取り巻き連中を大番屋まで呼び出していろいろ尋ねただけさね。その間に善五郎が入船町で何をやろうが、こっちの知ったこっちゃねえしな」

呼び出す先は通常、その町にある自身番だ。大番屋はいずれも大川(おおかわ)を越えた南北の町奉行所近辺にあるから、一度来るだけでも手間であったろうが、「いろいろ訊いた」と言うからには呼んだのが一度とは限らない。

惚(とぼ)けているが、ちょうどいい頃合(ころあ)いを見計らって手助けしてやったということだろう。

あの素人娘を集めた曖昧宿の存在を、善五郎は知っていてそのままにしておいたはずだ。そんな地回りの親分が戻ってきたのだから、あの宿の亭主も娘たちもひと安心と言ってよい。

裄沢が内心安堵(あんど)しているところへ、室町が付け足した。

「まぁ、こっちの動きがどれだけ善五郎の役に立ったか知らねえが、何とかかって芝のほうの香具師の元締が後ろ楯になったんで、周りから文句の一つもつかなかったって聞いたけどな」

何か訊きたそうな室町に対し、今度はこっちが惚ける番だった。

その後に内与力などからの通達事項がないか確認し、朝の集まりは解散となった。

「では、行って参ります」

「今日も暑くなりそうだなぁ。立ち寄る番屋の三、四軒ごとに、忘れずに水か茶ぁ飲ましてもらうよう気をつけるんだぜ」

気を遣ってくれる室町へ頭を下げて同心詰所を出る。表には、今日も供を勤める与十次がすでに待っていた。

「行こうか」

「はい、よろしくお願いします」

つい先日月が変わって、己の所属する北町奉行所が月番となっている。定町廻りになって初めてのことだし、自然と気合いが入った。

今日も、これまでと変わらぬ町廻りがなされるはずだった。

二

夏も盛りで、上空には陽が燦々(さんさん)と照っている。

こんなところで突っ立っていたくはないのだが、生憎(あいにく)近くには日陰を作ってくれる立木の一本すらない。ただ、土の上で萎(しな)びたようにへたれた葉っぱが間隔を置いて点在する畝(うね)が、何条も並んでいるだけのだだっ広い畑だ。

今ごろは市中見廻りのため町家（ちょうか）が建ち並ぶ道筋を足早に歩いているはずの裄沢が、なぜそんな場所で突っ立っているかというと、足下近くに広げて敷かれた筵（むしろ）が——いや、より正確には筵の下にあるものが理由だった。

この場に佇（たたず）むのは裄沢と供の与十次ばかりではなく、数人の手先（岡っ引きやその子分の下っ引き）や小者らがいた。さらには、朝に奉行所で別れたばかりの室町も姿を見せている。

「なんでえ。ここは代官所の縄張りじゃあねえのか」

周囲に広がる畑を見回した室町は、開口一番そうぼやいた。

西に寺が連なり南に町家、北には大名の下屋敷があるが、北東から東にかけてずっと田畑が広がっている。江戸の御府内（ごふない）ではあっても大横川（おおよこがわ）よりさらに東側だから、室町の言い分にも得心できるところはあった。

この近辺のみ、大横川の東側でも町方の受け持ちとなる土地はあったが、それは町家に限っての話である。田畑は百姓地で代官所の管轄というのが、町奉行所と代官所、両者おおよその共通認識となっていた。

「まあ、本所のすぐ隣ですから、我らが呼ばれるのは仕方がないでしょう」

裄沢がそう宥（なだ）める。

江戸を治める町奉行所と地方を管轄する代官所の境界について、両者の間におおよその共通認識はあったが、この物語の時代にはまだ明確な線引きはされていなかった。ただし、代官所の「警察力」は町奉行所と比べれば格段に劣(おと)るから、何かあれば町奉行所へ訴えるのが江戸近郊の庶民の有りようだったと言える。

それは室町も十分承知している。この暑い中へ引っ張り出されたことから愚痴が零(こぼ)れ出ただけで、本気で憤(いきどお)っているわけではなかった。

一度筵の下を軽く覗いてからその場を離れ、周囲をぐるりと観察しながら歩いていた室町が戻ってきた。

「で、死体(ホトケ)さん見っけたなぁここの百姓かい」

室町の視線の先には、畑の隅でしゃがみ込んだまま動かない百姓姿の男がいる。男の隣で寄り添うように立つのは、半ばは気遣いでもう半分は見張りのための、下っ引きであった。

自分がそばを通りかかったときも顔を上げようとはしなかった男に、室町も声を掛けずに行きすぎていた。

この問いには、手先の中でも一番貫禄がある男が答えた。近くの深川元町代(ふかがわもとちようだい)地(ち)界隈を縄張りとする、岡っ引きの吉五郎(きちごろう)だ。

位置的には深川の北隣になる本所の、それもほぼ中央部の東側にある町なのに「深川」の名がついているのは、もともと「深川元町」だったところがお上の御用で召し上げられ、その代わりに授けられた土地だからだ。深川にある「元町」代地ではなく、本所東はずれにある「深川元町」の代地なのだ。
がっしりとした体格の四十男の吉五郎は、来合が組屋敷に集めて裄沢に紹介してくれた中にはいなかったが、室町とともに最初の市中巡回をした折に、近くの番屋で待っていて挨拶をしてくれたため顔は見知っていた。

「へえ。柳島村の権三って男で。朝に水をやった菜っ葉を二条分ぐれえ収穫し、青物市場へ持ってったところが『余所から入ってこねえ』ってんで追加の注文を受けまして、また畑へ戻ってみたら倒れてる男を見っけたって話で。
　最初はひと晩飲み明かした酔っ払いが寝てんのかと思ったそうで。人の大事な畑で何してやがると怒鳴りつけても動かねえんで、揺さぶり起こそうとして初めて死んでんのに気づいたってこって」

　まずは近在の岡っ引きである吉五郎が呼ばれ、ついで吉五郎から裄沢と室町に報せが行った。その日の市中見廻りの順路は番屋で把握しているから、「定町廻りは今の刻限ならどの辺り」というのはだいたい予測がつくし、その番屋から定番を町奉行所へ走らせれば、待機している臨時廻りもすぐに駆けつけられるのだ。

吉五郎から発見時の状況を聞いた室町は、改めて周囲を見回した。

「こんだけ見通しがいいんだ。近くで畑仕事してた百姓とか、誰かここであったことを見てた者はいねえのかい」

「権三は、かなり広く畑を借りてたようで。子分どもにあたらせやしたが、まだそれらしい人物を見たって者も出てきてはおりやせん——まあ、権三はこの一画に菜っ葉を植えてますけど、今は収穫前で草毟りぐれえしかやることのねえ畑も多ござえやすし、棚に茄子なんぞの蔓を這わしてるようなとこは陰になってもおりやすから」

陽が昇ればその分暑くなるから、いったん市場へ行って戻ってくるような刻限になると朝早くより却って人は少なくなるし、己の作物が病に罹っていないか、虫がついていないかを見ていたなら、なかなか周囲には目が向かないということもあるのだろう。

室町は再び筵の前でしゃがみ込むと、近くで控えていた下っ引きに顎を振って「はずしねえ」と命ずる。

へいっ、と応じた下っ引きが筵をひっ剝がして二度畳んだ。

その下から現れたのは、手足をいくらか折り曲げた状態で放り出し、俯せぎみに倒れている一人の男だった。

男は畑の土に顔を半分埋めているが、気にする様子もない。その顔は真っ白で血の気が全く感じられなかった。

「若えな」

横顔しか見えていないが、十五、六ほどの年齢かと思えた。

「お前さん方のうち誰か、死体さんを動かした者はいるかい？」

しゃがみ込んだまま顔だけ上げて問うた室町に、まずは裄沢が答えた。

「俺は、首筋と手首の脈を診ることと、鼻の下に手を当てて息があるかどうかだけは確かめました。他には手をつけてません」

「あっしらが最初に駆けつけたときも、やったなぁ裄沢様とおんなしようなことだけで」

二人の返答を耳にした室町は、視線を地べたへ走らせる。

「そんでも見っけた百姓が揺さぶろうとしたってえから、死んだときそのまんまの姿勢じゃあねえかもしれねえな」

自分に言い聞かせるような口ぶりだが、深刻そうではない。間々ありがちなことなので、やむを得ないと思っているだけだ。

「足跡ぁどうだったい」

ここは畑地であるから、いかにカンカン照りであっても、市中の踏み固められた道と比べれば土はずいぶんと柔らかい。死体さんがどういうふうにこの場で死んだのか、足跡を辿ればある程度推測がつくこともある。

「申し訳ありやせん。子分どもがずいぶんと踏み荒らしちまいやして」

吉五郎が、室町に頭を下げた。

「それ以前から、ここを耕してる百姓の足跡ばかりあったようです。みんな畝を避けてますから、重なって他との見分けはなかなかつかなかったでしょう」

庇ってくれた裄沢に、吉五郎は小さく頭を下げた。

「じゃあ、死体さんひっくり返してもらえるかい」

さらにしばらくそのまま屍体を観察していた室町が、ひと区切りつけて周囲で待機していた下っ引きどもへ命じた。

腕を持つ者と足に手を掛ける者、それに帯を摑んだ者の三人がかりでそっと屍体を仰向けにする。別段死人の尊厳を守ろうとかいう話ではなく、単に死体の状態をなるべくそのままに観察したいという、町方同心の意向を知っているがための行いだ。

天を仰いだ男の着衣は、胸から太股にかけて固まりかけた赤黒い液体でびっしょりと濡れ体に貼り付いていた。着物の脇腹部分に、二寸近く（約五センチ）切れて捩れ、口を開いているところがある。

室町は、開きかけているその切り口へ、後ろ腰から抜いた十手を軽く差し込み中を覗き込んだ。それ以外には手をつけず、腰を浮かせてぐるりと回り込みながら、目視だけで屍体の有り様を観察していく。

得心すると、口を閉ざしたまま立ち上がって裄沢のほうを見た。

無言の意を受けた裄沢が、室町と同じように屍体の状態を見ていく。

「どう見たね？」

息が掛かるほどの距離から身を離した裄沢へ、室町が十手の先端に着いた血を手拭で拭き取りながら淡々と問うた。

裄沢も、屍体を目の当たりにした昂奮などは感じさせぬ表情で答える。

「着物を剝いでみないと確かなことは言えませんが、まずは腹にひと刺しされただけで死んだものかと。腹の傷で即死というのはあんまり考えられませんけど、倒れてから藻掻いたような様子がないところからすると、おそらくは痛みに気を失ってそのまんまってとこではないでしょうか」

藻掻いた様子がないというのは、手や着物の汚れ具合、それと足跡のついていない畝が崩れもせずにそのまま残されているところからの判断だ。

「まあ、おいらもおんなし見立てだな」

室町が頷きつつ応ずる。いちおうは死骸の検分に満足した室町が、吉五郎へ向けてさらに問うた。

「ところで、肝心なことぁまだ訊いちゃいねえな――死体さんの身元はもう判ってんのかい？」

「権三に尋ねましたが動転してますし、顔が半分土に埋まってたこともあって判らねえと。ここへ呼んでもういっぺん確かめさせやすから――おい」

吉五郎の指図に、そばにいた下っ引きが声を上げながら権三のほうへ走っていった。

「一見遊び人ふうですが、それなりのところの若旦那のような気がしますね」

権三を待つ間に裄沢が推測を述べた。

着流しの襟元をだらしなく開けて腹には晒を巻いているところなどは一端のお

哥ぃさんのようだが、土にまみれた顔はきちんと髭を剃っているし、着物も帯もよさそうな生地で草臥れているところがない。

言外に、「偶々ここで殺されただけで、発見者の百姓とはたぶん面識がないのでは」という考えを含めた言葉だ。

下っ引きに伴われた百姓の権三が、嫌々ながらという気持ちが伝わってくる重い足取りでようやく近づいてきた。

まだ距離があるのに足が止まって、首だけ伸ばして青い顔でそっと覗いてくる。

「えっ、これは、正治さん……」

名が出たことで権三に皆の目が集まった。

「知り合いかい」

室町が目つきを鋭くして問う。

「顔を見知ってるってだけですけど、たぶん、角口様のところの正治さんじゃないかと……」

権三は、恐る恐る覗き込んだことは忘れたようにじっと死人を見やったまま答えた。

「角口……この隣町の、地主の角口家かい」

へい、と権三が頷くのを見た吉五郎は、室町や裄沢のほうへ向き直って深く頭を下げた。

「申し訳ありやせん。手前の縄張り内の地主さんの倅を見損なうたぁ、どうやらあっしも焼きが回っちまったようで」

名主は数町を一人で取りまとめているが、地主と呼ばれる土地持ちは一つの町に何人もいる。その当人ならともかく、家族まで全員しっかりと顔を憶えていろというのは無理があろうと思われた。なにしろ死人は畑の畝に頭を突っ込んでいて、今も顔の半分は土まみれなのだから。

吉五郎が下っ引きに向かって、角口の者を呼んでくるように指図する。

それを横目に、裄沢は権三へ顔を向けた。

「そなたはどこで正治のことを知ったのだ」

近くとはいえ、畑を耕しているだけの百姓と隣町の地主の倅との関わり合いを不思議に思ったのだ。

一瞬口ごもった権三だったが、人死にが出ている場での町方役人の問いに答えぬわけにはいかないと、正直に話す。

「この畑は、来年にゃあ町屋になるそうで」

「ここは、そなた自前の畑ではないのか」

「いえ、おいらは小作人でさあ」

後で知ったのだが、この権三は小作人とはいえ収穫の何割かを地主に納めるのではなく、一年にいくらという形で畑を借りている者だった。

「町屋？――どういうことだ」

二人だけで話が通じているらしい裄沢と権三の間へ室町が問いを差し挟む。

それに答えてきたのは、驚いたことに裄沢のほうだった。

「一帯の畑を持っている本百姓（自作農）が土地を担保に借金したのですが金を返せず、丸ごと本所吉田町で質屋を営む大堀屋のものとなりました。大堀屋としては田畑を所有しても活用が難しいので、町家にしたいと考えたのです。

とはいえ勝手に田畑を町屋にされたのでは年貢を受け取ってきた代官所が困ります。また、大横川の東で代官所の所管とはいえ御府内であることから、町家になれば町奉行所が少なからず面倒を見なければならぬ場合もあり得ます。ゆえに大堀屋は、代官所と町奉行所の両方に願いを出しておったのです」

「で、地主の倅はどこに出てくるんだい」

「代官所は納められるはずの年貢が減ったままでは困りますから、許可を出す代償として減った分の年貢の補填を毎年行うことを条件にします。実際には、それに色をつけた額の金額を納付させるようですが。

そして、負担を求めてくるのは代官所ばかりではありません。ここが町屋になるとすれば、今度はすぐ隣に新たな町家ができる深川元町代地の地主たちが黙ってはいません。なんとなれば、新たに土地を町家にすればそこに建つのはもっぱら長屋などの貸家になるはずですが、そうなれば新たに入居しようとする者の一部は新たな土地の貸家のほうへ流れていくからです。深川元町代地の地主たちにすれば、自分のところの貸家が空き家になりそうなのを、指を咥えて見ているわけにはいかないでしょう。条件をつけて、相手が呑まねば新たな町屋ができるのに皆で反対する立場を取ることになります。

その条件というのはたとえば、本来地主たちが持つべき町入用（町の運営費）の一部を願いを出している者に負担させたり、番屋の定番として置くための人を出させたりといったことです」

「そこに深川元町代地の地主たちが出てくると」

「新たな町屋を認める際には名主や地主たちにそれなりの礼金が支払われる決ま

りがあるのですが、実際動くのはそうした表の金だけではないようです」

「てえと？」

「新たな町屋を作りたいという願いを認めるかどうかについて、地主たちは名主へ強く働き掛ける力を持ちますので、願うほうはどうしても地主たちのご機嫌をとることになります。つまり地主たちは、決まりごととは別の『おねだり』ができるという立場になります。

おねだりは——これはねだられる前に願う側のほうが気を遣って自分から出すものも含めてですが、地主当人へ贈答するだけにとどまりません。地主の妻や子、場合によっては地主の家で奉公する手代や下働きにまで、何らかの贈り物をすることがよくあるそうです」

「……つまりゃあ、角口の倅はおねだりをやりすぎたと？」

裄沢の話に感心しながら岡っ引きの吉五郎が口を挟んだ。

「調べてみないことには、そこまで判らぬ。俺が言いたいのはただ、そうしたやり取りがこの土地に関して地主となった大堀屋とあったから、ここを耕す権三が余所の町の地主の倅と顔を合わす機会も生じていただろうというだけよ」

裄沢に説明してもらった百姓の権三は、体を前後に揺らすように頷きながらその発言に同意した。

「おいらは難しいことは判らねえけど、ここの畑の持ち主が本所の質屋に変わったんで小作ができるのは今年一杯だって言われやした。それから、今からひと月ぐれえ前に、おいらが畑で草取りしてるとこへ見知らぬお人が何人かでやってきて、そのうちの二人が何やら口喧嘩を始めやして。一緒に来てた人らに分けられたんだけど、後で聞いたらそれがここの持ち主になった質屋さんと、角口の息子さんだったたってこって」

解決の糸口になるかどうかはともかく、実際にこの場を町屋にしたい者と、近くの町家の地主の係累との間に諍いがあったことは確かなようだ。

裄沢たちが話をしていると、下っ引きに伴われて駆けつけてくる男女の姿が見えてきた。あれが、角口の家の者たちなのであろう。

三

血相を変えてやってきたのは、角口の主と女房、そして手代の三人だった。畑の中で愁嘆場が繰り広げられる。

ともかくこれで、死んだのが角口の倅であることがはっきりした。

その場での調べが済んだので、遺骸は深川元町代地の番屋へ移されることになった。

家に近づくのだから親としてはそのまま引き取りたかったろうが、そういうわけにはいかない。衣類を脱がせて傷口を含めた全身の様子を検めるなど、まだやるべきことが残っているのだ。

ここの自身番屋は、ある地主の家の一角を借りて設置しているので、角口の一行は家の座敷のほうへ上げて話が聞けるようになるまで落ち着かせることにした。

屍体を裸に剝いて見ても、脇腹の刺し傷以外に特段目につくような異変は見られない。

「どう思うね」

「油断しているところをあっさりひと突きで、といったところでしょうか。特に着物の乱れもないようでしたし、顔には恐怖どころか驚いた表情すら浮かべておりません」

「刃物の種類は」

「傷の幅からして出刃の類ではないでしょう。深さから見てずいぶんしっかり差し込まれていますから、おそらくは鍔付きの刃物。不意を衝かれたとすれば長い刀は考えづらいので、脇差か道中差などではないかと思います。馴れている者なら匕首も考えられないわけではありませんが」

鍔は、やり合う相手の刃先が柄を握る自分の手のほうまで流れてくるのを防ぐために取り付けられているのだが、特に片手持ちの場合、思い切り突いたときに刃物を握る手が刃のほうまで滑っていって怪我をするのを、抑止するという役割もある。

「不意を衝いたとすれば長い刀は考えにくい」というのは、もしそうなら突いた傷ではなく、抜き打ちで斬り払った傷がつくのが普通だからだ。

意気込む様子もなく答えた裄沢へ、問うた室町は満足そうに頷いただけだった。

「もういい。着せてやんな」

室町が声を掛けると、下っ引きどもは即座に動き出した。普段なら「丁寧に扱え」とひとこと言っておかないとどんな雑な扱いをされるか判ったものではないが、さすがに自分のところの地主の倅ともなれば、親分の金蔓の一つでもあるし何も言われずともきちんと身なりを整えてやるようだ。

「さて、じゃあ両親に話を聞くか」

室町が溜息混じりの声を出す。もう慣れたとはいえ、やはり気が重い仕事であることに変わりはない。

裄沢は、黙って後に従った。

それから半刻（約一時間）ほどときを掛けて話を聞いたが、成果と呼べるようなものはほとんど得られなかった。

「息子が殺されなきゃならないようなことをしたとは思えない」「そのような悪い付き合いは誰ともしていないはずだ」「あのようなところへなぜ足を向けたのかは皆目見当もつかない」「若いうちだから外を出歩くこともよくあるし、今朝出掛けたのには全く気づいていなかった」……。

裄沢からすれば、盲信してただ放置していたと言っているのと変わらない。倅の遊び人のような身なりのことを、癇に障らぬように気をつけながら指摘しても、「今どきの若い者はみんなそんなものだろう」という返事である。

それでも、相手を宥めながら一つひとつ丹念に話を聞き出していく室町の根気強さには感心させられたし、及ばずともしっかり学ぶべきだと思わされた。

「結局、周りから当たっていくしかなさそうですね」

遺骸はもう返せるから先に戻って迎える支度を、と言って角口の一行を帰した後、裄沢は室町へ話し掛けた。

「まあどうせ、やらにゃならんことだからな——ところでお前さん、殺しがあった畑ではずいぶんと詳しい話をしてくれたな。おいらぁ長えこと廻り方をやってきたつもりだけど、あそこまでのこたぁ全く知らなかったぜ」

「つい先日までは用部屋手附でしたから。それで、少々気になったんで調べました」

用部屋手附同心が勤務する御用部屋は、現代的な言い方をすれば町奉行の『執務室』であり、秘書官的な役割で町奉行を補佐する内与力が用部屋手附同心の直属の上司となる。従って、奉行宛に出された願いの決済などについては必ず用部屋手附同心のうちの誰かが目を通すことになるし、記録の類も御用部屋所管で残されることになるのだ。

「今朝早く来て調べてたってなぁ、それかい」

「ええ。来合から回されてきた髪結いより、深川元町代地のほうで土地絡みのゴタゴタがあるようだと聞いておりましたので。とはいえ、こんなにすぐ役に立つことになるなどとは思ってもみませんでしたが」

「時宜（じぎ）を得たってやつかねえ。偶然かもしれねえけど、そいつもお前さんの運だよ――やっぱり廻り方に向いてんじゃねえのかい」

「よしてください。病や故障（事故）で死んだというならまだしも、殺された者を間近で目にするのはあれが初めてだったのですから。できればこれからも、あまりお目に掛かりたくはありませんね」

「その割にゃあ、ずいぶんと落ち着いてたようだけどな――そいつぁともかく、お前さんの調べたことってなぁ、あれで全部かい」

まだありそうだな、という仕事の目になった室町へ、裄沢は頷いた。

「確かに続きがあります――本所吉田町の質屋大堀屋は、質流れで受け取った柳島村の田畑（でんぱた）を町屋にすべく、隣接する深川元町代地の名主や地主たちと話し合っていちおうの折り合いをつけ、代官所と町奉行所へ願いを出しました。これで両方の役所から許可が下りたらことは済むと思っていたところ、思わぬ先から苦情が寄せられたのです。

その相手とは、大堀屋が町屋にしようとしている田畑の北側で隣接する大名家群馬県）の大名家か」

「あそこの北側の大名家下屋敷……外様の大大名のご親族である上州（現在の群馬県）の下屋敷でした」

「ご存じですか」

「天明の大飢饉のときにゃあ商家から金ェ借りただけじゃあどうしようもなくて、御本家からでえぶ援助を受けたって噂は耳にしてる。そっからもう十五年ほどは経つけど、立て直せるほどの金儲けをしたって話は聞かねえから、今でもお手元不如意は続いてるだろうねぇ」

借金の利子は、通常のものであっても現代とは比較にならぬほど高い。その後は順調に年貢などの収益が上がっていたとしても、利子負担が重くのしかかって、当時よりむしろ借財が増えていても不思議ではなかった。

なるほど、と頷いた裄沢が後を続けた。

「そのお大名家下屋敷の言い分は、『田畑があるゆえそれが火除地の役割を果たしていた。勝手に町屋を建てられては困る』というものです」

江戸幕府は、成立初期に十万を越える犠牲者を出したとも言われる大火災（明暦の大火）を経験したのを契機に、防火に配慮した町造りを進めた。その方策の大きな柱の一つが火除地であり、町の中に何も置かない（燃える物がない）広い空き地をところどころに挟むことで火災がその先まで燃え広がらないようにする、というものだった。

「なるほど、下屋敷からすりゃあ西は寺社地で建物ぁ少ねえ。北と東は押上村（おしあげむら）の田畑で、南もこれまでぁ柳島村の畑で囲まれてたわけだから、四方が火除地んなってて火事の怖れはねえ場所だったたぁ、確かに言えるだろうねえ。

けど、どうにもただの屁理屈に聞こえてくんなぁなんでだろうねえ――金さえ出しゃあ、すぐに文句を引っ込めそうに思えて仕方がねえからかなぁ」

「室町さんの受け止め方はあながち間違ってはいないかもしれませんね。大堀屋は慌てて下屋敷の用人のところへお詫びに行って、いろいろと話をしたようです。

結果、その大名下屋敷は大堀屋が町屋にしたいと望んだ土地全部ではなく、下屋敷と隣接する全体のおよそ二割を畑のまま残すということで、下屋敷から了承を得たという話でした」

なぜここまでの詳細を町奉行所が把握していたかといえば、町奉行所は願いを聞き届けるかどうかの判断をするにあたって、代官所と必要情報のやり取りをするとともに町年寄（名主や地主などの江戸の町の差配の中で、最高位の町人）を通じて現地の調査と詳細な報告を命じていたからだ。

「二割じゃああんまり火除地としての役割は果たせねえような気もするけど、まあ、裏じゃあそれなりに金を積んでもらったってこったろうな」

「そうでしょうね。でないと、髪結いから告げられたゴタゴタが起こった理由が見当たりません」

「？――ああ、そういや何かゴタゴタがあったから調べたって言ってたよな。ここまでの話だけなら、みんなどうにか上手く収まってそうだしな」

「ええ。確かに大堀屋は下屋敷に少なからぬ金を包んだのでしょうね。ここからは奉行所が関わっていないので俺の推測になりますが――大堀屋は深川元町代地の名主や地主へ、『町屋にするはずの土地が減ったのだから、その分は約束した条件を見直してもらわないと立ち行かない』ということを申し入れたのでしょう。

ところが要求を突きつけられたほうは、『二割ばかり減ったところでこちらの不利益はほとんど変わらない。こちらに落ち度がないそちらの変更について、すでに約束が成り立っているものを変える理由はない』と突っぱねたものと考えます」

話を聞いた室町は深く息を吐く。

「そいつが今引きずってるゴタゴタかい。確かに、大堀屋にしても退(ひ)くに退けねえところだろうし、深川元町代地の名主にしたって、数いる地主の合意を取りまとめるなぁ大変(てぇへん)だろうなぁ」

そしてわずかに間を空けて続ける。

「なるほど。そんな擦(す)った揉(も)んだをやってる最中に揉めてる相手の伜から太平楽なおねだりなんかされたら、そりゃあ腹が立っただろうねぇ」

「室町さんは、大堀屋が怪しいと？」

「お前さんはどう思う」

問うてきた裄沢を見返して、室町は反問する。

裄沢は、ゆったりとした口調で己の考えを述べた。

「大堀屋がどのような人物かを知りませんので確かなことは言えませんが、あれだけの土地を担保として手に入れるほどの金が貸せる商人であることを考えると、あまりありそうには思えません。大森屋が己の手を汚したとするならそれは、まるで自分を疑ってくれというような行為ですからね。

それに俺らの見立てどおり、正治が当人も気づかぬほど突然刺されて呆気なく死んだとすると、咎人はそうする機会を虎視眈々と窺いながら正治の相手をしていた——最初から殺すつもりだったか、少なくとも話の流れ次第ではそうするつもりがあったと思われます。大店の質屋の主が、自分でやったかはともかく、そこまでの凶行に走らねばならぬほどの状況だったとは、今のところ思えずにおります」

大堀屋が焦らねばならないような何らかの事情があったという話でも飛び込んでくれば、また別ではあろうが。

話を聞いた室町は、穏やかな顔で頷く。おそらくは、大堀屋が怪しいと考えているような口ぶりも、裄沢を試していただけだろう。

「さて。それじゃあ、角口へ死体さんを届けるのにくっついていこうかね」

気合いを入れる言い方で立ち上がる。裄沢も従った。

倅の遺骸を引き取る角口へ顔を出し、線香の一つもあげるつもりである。もっとも狙いは、死人の冥福を祈ることよりも、周囲の動きに気を配り怪しいところがないか探ることにある。

裄沢もこれに同行すると本日の市中巡回には戻れないことになるが、殺しの一報を受けたときに室町とは別で同じ臨時廻りの柊壮太郎も出張って(でば)おり、こちらは裄沢が離れた後の見廻りを代行してくれているはずなのだ。

「死体さんを運ぶ支度はできてるかい」

座敷から番屋へ顔を出した室町へ、下っ引きたちは「へい」と声を合わせて応じた。

四

翌日からは、正治殺しの探索はもっぱら室町に任せ、裄沢はいつもの市中見廻りに力を入れて動いていた。

室町に巡回を任せて裄沢が探索にあたるという手立ても採り得たし、室町とすれば探索を任せるだけの力量が裄沢にはあると認めていたものの、当人の言もあってこのような形にしたのだ。

それは、裄沢が定町廻りであるのは来合の怪我が治って復帰するまでの短い間でしかなく、ここで探索に従事しても市中巡回といずれも半端な経験で終わってしまうと考えを口にされたからだ。

ただし、裄沢が自分の受け持ちで起こった殺しの探索から完全にはずれた、というわけではない。朝夕に奉行所で顔を合わせる際、室町からは毎回のように念入りな報告がなされていた。

「正治ってなぁ、やっぱり拗(ねじ)くれて、悪い連中と連(つる)むようんなってたようだなぁ」

「その仲間というのは、どの程度の連中なのですか」

「まあ、いっぱしの悪(ワル)を気取っちゃいるが、出自も正治と変わらねえようなのがほとんどで、大(てえ)したことのねえ連中さね。

ただ、そんなのが仲間だったんで、親のほうは『子供のころからの付き合いだから』って、ろくに気にもしねえでいたのかもしれねえけどな」

「親が地主とはいえ深川元町代地は本所もはずれ——というよりは本所から外へはみ出しているような土地ですから、そうそう大きな身代(しんだい)ではないでしょうし、であれば自由にできる小遣いだって好きに遊び回るには不足していたでしょう。

大堀屋から存分なおねだりができそうだとなれば、仲間内でいい顔をするためにも欲を掻(か)いたことを言い出していたかもしれませんね。その辺り、大堀屋は何と言っているのですか」

「おいらたちからすりゃあ顔を蹙(しか)めたくなるようなアレコレだけど、こういう場合のおねだりとしちゃあ、まあ、よくある話だってこったな――金をせびるだけじゃあなくって、あそこの芝居が見てえだとか、今流行(はや)ってるこの柄の反物(たんもの)が欲しいだとか、そういうのも含めると結構ばかにならねえ金高になるようだ」

「大堀屋は、そのおねだりに唯々諾々(いいだくだく)と従っていたのですか」

「いや。最初の内ゃあ全部じゃなくとも適当に応じてやってたけど、いくらご機嫌を取っても親のほうがいい顔をするようにならねえと判ってからは、あんまり相手にしなくなってたようだな。特に大名家下屋敷の絡みで町屋を縮小しなきゃならなくなって約束の見直しを申し入れてからは、ほとんど面も合わせねえようになってたそうだ」

「その大堀屋のほうは、どういった人物なのでしょうか」

「会った感じはごく普通の商家の主ってとこだったなぁ。まあ、質流れで受け取った土地で上手(うめ)えことやろうとしたところが、次から次へとややこしい話が出てきて、でえぶカリカリはしてたようだけどな」

「地主の倅が死んだことについては」

「おいらが訪(たん)ねるまで知らなかったように見えたねえ――よっぽど芝居が上手か

ったのなら、おいらが騙くらかされてんのかもしれねえけどな。

正治が死んだことについちゃあ驚いてはいたようだ。だけど、溜飲が下がったとまで言っちゃあ言い過ぎかもしれねえが、少なくとも惜しむ様子はなかったね。淡々と受け止めてたってとこだ」

「質流れで受け取った土地が上手く活用できないことで、商いが苦しくなったような様子は」

「大堀屋はどっちかってえと堅実な商売してるって評判の質屋だ。あすこの土地を担保に取るについても、貸した金高は大堀屋の身代が傾くほどの額じゃねえってのが同業の見方だそうだ。

もともと田畑取り上げるつもりで貸したわけじゃあなくって、金が返ってこねえからしょうことなしに取り上げた土地を、遊ばせておくわけにもいかねえってんでいろいろやったのがあの結果だってことのようだしな。今じゃあ『えれえモンを掴まされちまった』って、同業の集まりで酒が入るたんびに零してるって言ってたぜ。

まあ、他人様のホントの懐具合なんて、いくら同業ったって外から見てるだけじゃあ判らねえかもしれねえけどよ」

「今のところ気に掛かるところはないと」

「見当たらねえなぁ。第一（でえいち）、いくら邪魔臭（じゃまくせ）えったって、隙（すき）を衝いて刺し殺そうなんぞと思い込むほどの理由がなさそうだしな」

「同じ深川元町代地の角口家以外の地主で、何か特筆すべきことは」

「それもなぁ。大堀屋との間でっつんなら、まあそれも大したことはねえけど、揉めてるっちゃあ揉めてるって言えるけどよ、角口家と他の地主との間でどうこうって話は出てきてねえな。本所もはずれのはずれでなかなか借り手もいねえとなれば、店子（たなこ）の取り合いぐれえはあるかと思ったけど、喧嘩になるほどの引っ張りっこは角口家に限らずどこもしてねえようだ。

正治の放蕩（ほうとう）ぶりと、親がそれへろくに口も出さねえのを呆れて見てたってとこさね。同じ年ごろの息子が正治と連んでるって家は何軒かあったけど、いずれも適当に付き合ってたってことのようだしな。そこいらの娘にちょっかい掛けるようなこたぁ数えきれねえほどやってそうだが、手ぇ出された娘が泣きを見たってほど深刻な話は聞こえてきちゃあいねえな」

「……後は、大名家の下屋敷ですか」

「判ってんだろうが、大名家にゃあ手は出せねえ。そいでも死んだ野郎と深く関わりがあるってんなら話ぐれえは聞けるけど、あそこの下屋敷と直に関わったなぁ土地を手にした大堀屋だ。近くの町場の地主の倅たぁ、直接のつながりが出てこねえ限りはろくに話も聞けやしねえよ。

まあそいでも町方のおいらが訪ねたときゃあ、お上りさんの勤番が何かやらかしたときにゃあ世話んなるってんで顔を出しちゃあくれたけど、世間話がせいぜいさ」

裄沢は、「そうでしょうね」と得心した。

今のところ、解決につながるような手掛かりはないようだ。

「こいつぁ、ときが掛かるかねぇ」

室町が溜息混じりに呟く。内心では、途中で来合と交代になりかねない裄沢を探索に当たらせないのは正解だったなと考えていた。


その日の勤め帰りに、裄沢は来合の組屋敷へ立ち寄った。夜具から上体だけ起こした来合へ、自分が携わっている市中見廻りで起こった出来事などを気の向くままに話していく。

半分は、退屈しているであろう怪我人の気を紛らわせるためのつもりだが、もう半分は来合が仕事に復帰したとき知らずにいて戸惑うことがないようにとの気遣いでもある。

いくら定町廻りでも殺しの現場に立ち会うなどということはそうそうないから、柳島村の畑で近くの町の地主の息子が死んでいた一件については話が長くなった。自分が交代する前には片づかないだろうという予測をしてのことだ。

「そんで、先行きが見えねえと」

ずっと黙って話を聞いていた来合は、裄沢がひと区切りつけたところで口を開いた。

「ああ、室町さんも長く掛かりそうだって言ってるよ」

「お前さんならさっと目星をつけそうだけどなぁ」

からかっているのかと裄沢は苦笑する。

「まさか、廻り方なんざ初めてやるんだぜ。老練な室町さんが手こずってるような一件を、こんな素人がそうそう簡単に解き明かしたりできるもんかい」

来合は真面目な顔を向けてきた。

「櫓下の殺しじゃあ、そいつをやってみせたじゃないか」

昨冬（さくとう）、深川の女郎屋で金貸しが殺された一件である。

「あんときだって、ただ思いついたことをそのまんま口にしただけで、何にも解決なんてしちゃあいないよ。実際真犯人を挙げたなぁお前と室町さんだし、いろいろ判らなかったことを解き明かしたのは、詮議にあたった吟味方与力の甲斐原様だ」

「おいらも室町さんも、お前さんが言うその思いつきがなきゃあ、あのまんま疑いを掛けた女郎を牢屋敷に送り込んで仕舞いにしてたはずだ」

「まあ、紛れ当たりってヤツだったんだろうな」

「おいらにゃそうは思えねえけどな」

ぽつりと言った来合を横目で見やる。

「おいおい、今日はいったいどうしたんだい。そんなに煽てたって何も出やしないぜ」

「お前程度の者が出せる物に期待なんぞしちゃいねえや」

ようやっと、いつもの口ぶりが戻ってきたようである。

「あーあ、そこまで口が回るようんなったなら、さっさと仕事に戻っちまえよ。そしたら俺も、毎日足を棒にせずに済むようになるからな」

来合は苦虫を嚙み潰した顔になる。

「戻りてえのはやまやまだが、医者の野郎がウンと言いやがらねえからな」

「そりゃあ、お前さんが人並みだって勘違いしてるからじゃないのか。人じゃなくって熊とおんなしだって教えてやれば、医者の考え方もすぐに変わるだろうよ」

「言ってろ——まあ、『今下手に暴れると、先々まともに刀が振るえなくなるぞ』なんて脅されてなきゃあ、こんな辛気臭え寝床からすぐにでも飛び出してくんだけどよ」

「お前……」

言葉をなくした裄沢と、来合は目を合わせた。

「仕事に戻りてえのは確かだが、おいらが復帰したことでお前さんが廻り方からはずれるってなぁ、どうかとは思ってんだ」

「なんか、思い違いしてるんじゃないのか。俺は最初っから、お前さんが戻るまでの穴埋めってことで引き受けてんだ。このまんま期間が延びるなんて勘弁してくれよ。

さっさと元気になって戻ってもらいたいもんだ。そしたら俺も肩の荷を下ろして、ようやっとこの二本の足を労れるってもんだからな」

来合は口を閉ざしたまま、足を摩(さす)っている裄沢をじっと見る。何かを言おうとして思い直したのか、今していた話とは別なことを口にした。

「探すだけ探しても全く先が見えてこねえなら、実際の糸口は今まで探してなかったような、思いも寄らねえところにあるのかもしれねえ——まあ、定町廻りんなって何年も経たねえぺいぺいの言ってることだけどな」

「それでも即席のデッチ上げよりゃあまともな考えだろうさ」

裄沢はそう言うと、思っていたより長(なが)っ尻(ちり)になった見舞いを終えて暇(いとま)を告げるべく腰を浮かせた。

五

「裄沢様」

翌朝、奉行所へ出仕しようと歩いていた裄沢は、背後から自分にだけ聞こえるような小さな声でそっと呼び掛けられた。

並び掛けてきた男を何気なく横目で見やれば、荷を背負っておらず手甲脚絆(てっこうきゃはん)もつけてはいないものの、草鞋履きに日笠、真夏にしては厚手の衣装という、旅人によく見られる格好だ。

江戸を訪れた諸国の民が見物したいと欲する先はいろいろあるが、江戸城《おしろ》も人気のある場所の一つだ。無論のこと御曲輪《おくるわ》（城郭区域《じょうかく》）の中まで入れるわけではないけれど、特に式日《しきじつ》（月に二、三度ある在府大名の総登城日）の朝は見物客が多く集まる。

　街道筋にでも住んでいなければ一つを目にするだけでも珍しい大名の行列が、一つひとつは小ぶりな集団とはいえ、いくつも連なって通っていくのを間近に見られる日なのだから。

　裄沢と並んで歩く男は、そんな見物人の一人に見えた。

　その男が、前方を見通そうと日笠を左手で押し上げ、同時に右手で首に掛けた手拭を持ち上げ顔の汗を拭く。

　男は、かつて小者をしていた三吉だった。日笠を持ち上げたことで容貌《ようぼう》を裄沢に晒し、手拭で他からは見えないように顔を隠したのだ。

「今日の夕刻、もしよろしければあの飲み屋へお越しいただけませぬか」

「判った」

　裄沢が視線を前に戻してから小声で応ずると、三吉は細見《さいけん》（当時の観光案内書）を懐から出して歩みを遅らせ、道の端へ寄っていった。

裄沢は、何ごともなかったように足を進める。

三吉は、少なくとも公式には何の罪にも問われていないのだから堂々としていればよいと思うのだが、当人は畏れ多いとなるべく北町奉行所には近寄らぬようにし、どうしても足を向けねばならぬときには面体を隠し、息を潜めるようにするようだ。

三吉がそう考えている以上、裄沢がこの男を町方役人の面前に立たせることはない。もっとも室町あたりは、裄沢のそばに三吉の気配があることを薄々勘づいていそうだが。

呉服橋を渡ってすぐの左手に裄沢の出仕する北町奉行所はある。

「お早うございます」

「ああ、お早う」

表門の門番を勤める小者に挨拶を返した裄沢は、門を入ってすぐ右手へ折れ、廻り方をはじめとする外役（外勤者）が集う同心詰所へと足を向けた。

その日の見廻りも特筆するようなことは起こらぬまま平穏に終了した。奉行所に戻ってから室町の話を聞いたが、やはり正治殺しの一件での進展はないとの話だった。

所用があると言って少々早めに切り上げた裄沢は、自分の組屋敷がある八丁堀には向かわず芝方面へとお濠沿いを南下した。

外濠を土橋で渡って二葉町に至る。見憶えのある一杯飲み屋の縄暖簾を潜ったのは、これで二度目になる。

薄暗い見世の中を見回すと、三吉はすでに裄沢を待っていたようだ。町方装束の裄沢が入ってきたのだから目立たぬはずはないが、それでも大袈裟にはならぬようにと考えてのことか、目が合うと微かに頭を下げただけの挨拶を寄越した。

「お呼び立てして申し訳ありません」

裄沢が近づいていくと、そう言ってさらに深く頭を下げてきた。

「何か困ったことでも起きたか」

裄沢は刀をはずして隣に腰を下ろした。

注文を取りに来た小女へ、三吉の酒肴へ目をやって「同じ物を」と頼む。小女が板場のほうへ去っていくのを目で追いもせずに、三吉は裄沢の問いに答えた。

「お話ししておきてえことがありまして」

「それは？」

「今、裄沢様が受け持たれている本所のはずれで起こった殺しに関わりがあるかもしれないことを耳にしまして」

「ほう、どのような」

「殺しのあった畑の北側に建つお大名の下屋敷ですが、そこの用人がこれまで返せずに滞らせていた借財を、いっぺんに綺麗にしたって話で」

「どこからそれを？」

「蛇の道は蛇ってヤツでして」

答えた三吉の表情が初めて変わった。ほんのわずかに頬を持ち上げただけだが、自嘲の笑みだったのかもしれない。

「……詳しく聞こうか」

「はい。どうやら用人は、米相場に手を出していたようで」

「米相場？　さほどの金を動かせていたと？」

市場において先物取引の制度が確立したのは、日本の米相場が嚆矢であったと言われる。ただし、市場参入者の数が限られる一方で取扱高は大きいから、一俵や二俵の米を動かす程度では相手にされない。

　衎沢にも詳しい知識はなかったが、最低でも数十石単位の取引は必要とされたであろう。とてものこと、小藩の下屋敷用人程度がどうこうできる額とは思えなかったのだ。

　三吉は口ごもる様子一つなく続きを口にした。

「あの藩自体が米相場に手を出してるって話で。用人はそれに乗っかる形で自分でも取引に加わってたんでしょう」

「藩が米相場に……ずいぶんと危うい(あや)ことを」

　先物取引だから、当たれば大きいが損をするときも途方もない額になることがある。一つ間違えば、お家の存続自体を危うくしかねない手立てであった。

「そんだけ、切羽詰(せっぱつ)まってたってこってしょうね」

「そんな藩の動きに便乗して、自分も小遣い稼ぎをしようとしたと」

　たとえば、自分が用意できる五石程度ではとても相手にされなくとも、藩が運用しようとした百二十石に黙って自分の五石を上乗せしてしまえば、儲(もう)かった際には百二十石分の利益だけ藩へ戻して残りは自分の取り分にできる。

「下屋敷用人か……相場のために出し入れする米が、すぐ目の前にあったということか」

大藩ならば上・中・下の各藩邸以外に国許から送られてくる米その他の物資を貯蔵しておく蔵屋敷を別に設けているが、二万石少々の小藩ではそこまでの場所も人手もない。中屋敷か下屋敷のいずれかで物資の搬入・搬出に便利なほうに蔵を建てて保管するのが一般的だった。

「米問屋が下屋敷にやってくるたびに顔を合わせていたとなれば、そのうちに親しくなって合力してもらうこともできたということだろうな」

三吉は頷いてさらに話を付け加えた。

「おそらくは自分で用意したりすることなく、蔵から余分に米を出し入れしたのを誤魔化してたんでしょうが、相場で損が出たとなって慌てたんでしょうね。まさか蔵を空にして、あるはずの米を残らず出しちまうわけにはいかなかったでしょうから」

「すると不足分が出て、米問屋に催促を受けることになった……」

「有卦に入ってる間ならばともかく、負けが込み始めたとなったらとたんに掌返されますからね」

藩の運用に乗っかっていたということは、用人だけ負けたということはあり得ない。藩は、少なくともその何十倍という損失を抱えたはずだ。

米問屋からすれば、大元がコケているのだからその親に負んぶに抱っこの子へ容赦する必要は感じないはずだ。むしろ取れるうちにできるだけ回収してしまおうと考えるのが当然だった。

取り立てる際には、立場のある武家ということで一定程度の配慮はしつつも次第に圧迫を強めていったはずだ。

「それが、ある日突然綺麗に返済されたと」

「少なくとも、何としても返してもらおうって強談判はパッタリとなくなったそうで。それが、二旬（二十日）ほど前のことだったと聞いてます」

二旬前と言えば、ちょうど畑地を町屋にしたい大堀屋と下屋敷との間で話がついたころだった。

「そうか……他にも何かあるか」

「いえ、お耳に入れようとしてた話はこれだけです」

「いや、いい話を聞かせてもらった。十分に助かった」

「お役に立てたなら幸いでした」

裄沢はさらに何か言おうとして思い留まる。

そこからはしばらく、たわいのない話をして飲み屋の前で別れた。

六

翌日。奉行所に出仕した裄沢は、正治殺しの一件の調べに赴く室町とともに本所へと足を運ぶことにした。

同行するそれぞれの供の小者を振り返った裄沢は、視線で二人を下げさせる。

「どうしたね。内密の話でもあるんかい」

裄沢のやることを黙って見ていた室町の問いに、決めていた言葉で応ずる。

「ええ。室町さんにみんなお任せしてしまった一件で、少々耳にしたことと考えていたことがあるのですが」

「こっちに任せちまったって、それがおいらの仕事だから気にするこたぁ何にもねえんだが。ともかく、どうにもこうにも身動きがつかなくって困ってんだ。お前さんのほうで知らせてえことがあるってんなら、何でもいいから教えてくんねえ」

裄沢は、どう切り出したものか改めて考えをまとめつつ話し出した。

「俺は、正治があんな状況で死んでいたということに、どうにも引っ掛かりがあったんです」

「そりゃあ、家からさほど離れちゃいねえったって、畑の真ん中だからなぁ。なんであんなとこで殺されることになったんだか」

「場所もそうですが、俺が気になったのは、どっちかと言えばむしろ刻限のほうです」

「ああ。朝っぱらだからなぁ」

「あそこの畑を耕していた百姓は、一度畑の菜を収穫して青物市場へ運び、追加の注文を受けてもう一度畑へ戻ったところで正治の死骸を見つけたということでした」

「あの百姓は、もうすぐなくなる畑でも最後まできっちり青物を育てようとしてたような男だ。周辺を調べても正治との関わりは全く出てこねえし、まず嘘をついてるってこたぁねえと見てるよ」

「俺も、室町さんの考えと同じです――すると百姓は、青物市場への再出荷のために畑へ向かったのですから、遅くとも五ツ（午前八時ごろ）過ぎぐらいには到着していたことになるでしょう」

「まあ、当人の話でも、そのぐれえの刻限だったと思うって言ってたなぁ」

「正治は近所でもみんなが『そうだ』としか見ていないほどの遊び人ですから、普段は夜更かしして昼近くまで寝ているような暮らしを送っていたというのが容易に想像できます。なのにあの日は、なぜあのような刻限に早起きをして人気のない畑へ足を運んだのか」

「まあ、そうだな。相手に呼び出されたって考えるのが一番ありそうだよな」

「正治の親は、『今朝出掛けたのには気づいていなかった』と言っていました。つまりは、その前夜は家に帰りながら早寝をしている。どこかで徹夜で飲み明かしてあの場へ向かったわけではない」

「……まぁ、家にゃあ帰ったんだろうけど、早寝したかどうかまでは決めつけねえほうがいいんじゃねえか」

「そうかもしれません。けれど、少なくとも深酒はしていなかった——我らが正治の死骸を検めたとき、酒の臭いは感じませんでしたから」

「そいつは……確かにそうだったな」

「普段しない早起きをして、酒臭さやあんまりだらしない格好にはならぬように気を遣い、朝早いにもかかわらず黙って畑へ向かった。おそらくは起こしてもらうことも避けて、家の者に見つからぬように気をつけてです。

　そんなに気を遣って会わねばならぬ相手とは、どのような人物でしょうか。遊び人を自認して粋がっていながら、会うとなれば畏まってみせなければならないような相手――それなりの身分でありながら、町人と会っていてもおかしくはない立場の者かもしれません」

　下屋敷は、上屋敷とは違って格式張ってはいない。江戸の郊外に近く、周囲には百姓地ばかりあるような場所に建つ小藩の藩邸となれば、たとえ屋敷を取り仕切る立場であっても、百姓町人と直に話すほどの気安さを見せねば「食材などを安く仕入れる」といった必要用件をなかなか満たせはしないだろう。

　裄沢の推論を聞いていた室町の目つきが鋭いものになる。

「それと、呼び出された正治が俺らの見立てどおり、全く無警戒なところを突然刺されたのだとすると、相手は正治と顔見知りだというばかりでなく、鍔付きの刃物を普段から身に着けていてもおかしくない人物ではないかと推量できます――一方で正治は、いっぱしの悪を気取っていたとはいえただの地主の倅ですから、地元の破落戸ならまだしも旅の渡世人と親しくしていたとは考えにくいですが」

道中差を身に着けていたとすれば旅人のはずだが、そうした旅人の中でも人を殺さんと躊躇いなく刃物を使えるのはやくざ者など無頼の連中になる。かような人物像を否定しつつ裄沢が駄目押しで付け加えた言葉は、殺しに手を染めた者が武家であろうことを強く示唆していた。

「お前さん、まさか……」

裄沢は、それまでと口調を変えることなく、前日三吉から聞いた話を室町に告げた。

「……お前さんその話、どっから聞いた？」

「さる筋から。自身で確かめたことではありませんので、検証は必要です」

三吉が奉行所から距離を置く態度を取っている限り、話の出所はたとえ室町相手でも明かすべきではないと考えての返答である。

室町はそれ以上追及してはこなかった。考え込む顔になる。

「しかし、下屋敷たぁいえ大名家の用人が……」

「ここからは、伝聞ですらないただの憶測になります——あるいは正治は、町屋を作りたい大堀屋と自分の親たちとのやり取りを見ていて、通常のおねだり以上に金になる手立てを考えついたのかもしれません」

「それが、畑の北隣の大名家下屋敷ってワケかい」

「窮状は町でも噂になっていたのではないでしょうか。特に、体裁を取り繕わねばならない上屋敷ではありませんから、もしそちらの皺寄せまできていたとすれば隠すことも難しかったでしょうし」

「どうにか伝手を見つけて、下屋敷用人に話をつけたと」

「上手い儲け話があるので分け前を、という話の持って行き方だったかと。それが下屋敷から大堀屋への苦情につながり、大堀屋は思ってもいなかった出費と企図の縮小を迫られた」

「米問屋からの催促に困ってた下屋敷用人は、約束の分け前を正治に払わずにみんな返済のほうへ回しちまった」

「あるいは、正治が下屋敷用人のそうした弱味を嗅ぎつけて、脅しに掛かったのかも」

しばらく無言で考えていた室町が裄沢へ目を向ける。

「で、お前さん。どうすりゃいいと思うね」

町奉行所が管轄するのはあくまでも庶民、町人である。大名家の所管は名目上は大目付、実際のところは老中の指揮下で目付が動くことになるから、町方役人がどうできるものではない。下調べをきちんとして土台を固めるまではやらねばならないでしょうね」

そう言った桁沢は、三吉から聞いた彼の下屋敷を有する大名家と取引のある米問屋の名を告げた。

ヨシ、と気合いを入れた室町が足を止める。

「なら、行く先ゃあ変更だ。おいらはこっから大川を渡り直して蔵前に行くから、今んとかぁここでお別れだな」

蔵前はお城より神田川を越えた少し先、大川沿いに立地する幕府の米蔵とその搬入施設のある場所だ。江戸で一番米が集まりその相場の立つ土地であるから、少なからぬ米問屋がこの近辺に見世を構えていた。

「済みません。またみんなお任せしてしまうことになりますが」

「なぁに、さっきも言ったようにこいつがおいらの仕事だ。お前さんは市中の見廻りのほうを抜かりなくやってくれれば、おいらも安心してこっちの仕事に専念できるってモンさ」

「はい、そちらのほうは心して臨ませてもらいます」

「お前さんのこった、少しも案じちゃいねえよ」

室町は右手をひらりと上げると、自分の供を連れて足早に去っていく。

裄沢はその背に向かって一度頭を下げてから、己の行く先へ顔を向け直した。

室町は裄沢と別れたその足で当の米問屋へ問い質しに行った。

あの用人の為人や付き合いを訊かれただけならば「得意先のことだから」と誤魔化しはできたであろうが、「あの下屋敷用人に藩には内緒の手助けをしていないか」と真っ直ぐ問われると、さすがに惚けるわけにはいかなかった。

大名家が関わることだからと言えば突っ撥ねることはできるが、目付まで乗り出して大ごとになってから誤魔化しがバレたのでは目も当てられないと観念したのだ。この一件では相手のしつこい要請に応えただけで、自分のほうから唆したわけではないとの言い訳が立ったことも大きかろう。

裄沢から伝えられた話が真実だと確信した室町は、話を町奉行の小田切直年に上げた。

そこから小田切や、内与力の深元らがどのように動いたかが廻り方に知らされることはなかった。

ただ、風の噂であの大名家下屋敷の用人が腹を切ったと聞いただけだ。用人に肩入れした米問屋は藩から不正への荷担を咎められ、藩が先物取引で出した損のうちの幾ばくかを棒引きにさせられたようだった。

そして、藩からは下屋敷に隣接する畑地を町屋にしたいと願う大堀屋へ、新たに何らかの話が行ったようだ。どのような要請がなされたかは不明ながら、大堀屋はあまりに面倒が重なったためにもともとの企図そのものを放棄することにしたのだった。

畑地は、近隣に在住する富農に売り渡された。売った額そのものは適正だったとしても、これまで使った金は返ってこない。大堀屋にすれば大した額の損切りになったであろう。

当の畑は、町屋に変ずることなくそのまま農地として残されることになったのである。

正治の親には、室町からそれとはなしの話がされた。親は憤りを見せたが、大名家相手ではどうにもできない上、死んだ息子にも少なからず非があったと聞かされては怒りの持って行きようがない。

死んだ者の醜聞を広げないようにと、大人しく四十九日の法要を済ませたのだった。

この一件は、北町奉行所としては書類上、未解決のまま探索を断念した扱いとなったのである。

七

裄沢は一日の勤めを終えると、言付けをして三吉を呼び出そうと芝・二葉町のあの一杯飲み屋へ足を向けた。

入り口で足を止めた裄沢は、見世で三吉が本名を名乗っているかどうか判らないため、前の二度とも給仕をしてくれた小女を探して中を見回した。

と、視線の先に当の三吉の姿が映る。三吉は独り酒を決め込んでいるようだった。

「よくお越しくださいやした」

足を進めた裄沢に、三吉は軽く頭を下げて挨拶してきた。

近づいてきた小女に今日も「同じ物を」と注文して下がらせる。

「あの一件、お蔭でなんとか片がついたようだ。助かった、室町さんも肩の荷を下ろせてホッとしている」

裄沢は、三吉の隣に腰を下ろしながら礼を述べた。

「それはようございました」

三吉は淡々と応じた。その相手をじっと見つめて裄沢は問う。

「そなた、俺たちが本所はずれで起こった殺しを探っているとどこから聞いた」

「川向こうとはいえ、ここからさほど遠くない場所で起こった人殺しにございます。噂はどこからともなく流れてくるものでございますよ」

「しかし、詳しい探索の様子を知らねば、あの下屋敷のことまで調べようとは思うまい」

「噂を耳にしてちょいと気が向きましたんで、裄沢様や室町様がいらっしゃらないときに足を向けてみたってことで。あの畑のそばに立てば、すぐに見えるところにありましたんでね、ちぃとばかし探ってみようかという気になりまして」

裄沢は表情を変えぬ三吉をじっと見ながら、次の言葉を吐いた。

「……そうか。そなたがそう言うなら、それでもよい——ただし言っておくが、与十次や他の小者らから話を聞き出そうとはするな。御番所の外に話を漏らしたとなれば、あの者らが咎を受けることになってしまうからな」

実際にはそこから詳細を聞き出したのだろうと推測していたが、もうやらないというのであればこれ以上追及するつもりはなかった。

「……心しておきやしょう」

三吉にも、裄沢の思いは通じたようだ。

裄沢は、運ばれてきた酒に口をつけてから次の言葉を発する。

「三吉そなた、俺の手伝いをしたいと申しておったが、これからもそうしたいという気持ちはあるか」

「二言はございません」

裄沢を見返した三吉の目に、初めて感情が籠もった気がした。

「そうか——近いうちに、来合が定町廻りに復帰することになる。俺が顔つなぎをしようか」

そう話を向けたとたん、三吉の目から光が消えた。

「あのとき申し上げたように、あっしがご恩をお返ししたいと願っているのは、お奉行様と裄沢様のお二人だけにございます」

「来合の役に立つのも、お奉行にご恩を返すことにつながると思うが」

これに、三吉は答えなかった。

「俺は、間もなく来合に席を返して廻り方から退くぞ」

「構いません。あっしは、いつでもお役に立てるようにしておくだけですので」

「なぜそこまで俺にこだわるのか、正直判らぬな」

裄沢が首を振るのを、三吉は黙って見ているだけだった。

裄沢は視線を上げて三吉を真っ直ぐ見据える。懐から出した紙を差し出した。

「これは……」

「俺の手札だ──この先、使えるかどうかも判らぬ代物だがな」

こうなることもあろうかと、あらかじめ用意していたのだ。

「頂戴致します」

三吉は頭を下げながら両手で受け取ると、大事そうに胸に抱え込んだ。

裄沢が廻り方の仕事を勤めるのはほんのわずかな間だけだから、どのような御用聞きが願ってきても手札を渡すつもりはいっさいなかった。

──それを、自ら進んで渡すことになった。

思ってもいない経緯になったが、相手が望んでいることでもあり、まあそれもよいかと酒を口にしながら考えていた。

第三話　怪盗

一

裄沢は、新たなお役に就いてからの毎日のお勤めとして、本所の町を見回っていた。今歩いているのは本所と深川の境に近い両国橋の東広小路の中だ。

両国橋の両端には武家地ではなく町家が広がっており、特に西側は日本橋と並んで江戸で最も賑わいのある神田の町並みと接しているから、ここは大川に掛かる橋の中でも一番人通りが多い。本来空き地であるべき広小路にも仮設の見世や見世物小屋などが立ち並び、通行人の気を惹こうと呼び込みの声があちこちで上がる喧噪に包まれていた。

「旦那ぁ、ちょいと覗いていきやせんかい」

裄沢の供をする奉行所の小者が声を掛けてきた。裄沢より背が低く腹の突き出た四十男で、名は大松という。

小者にだって休みはあるから、今日はいつもの与十次ではないのだ。そのたんびに違った男がつくのだが、今日はハズレだったようだ。

大松は妙に馴れ馴れしく、動きの悪い男であった。

「旦那ぁ、風紀の乱れを取り締まるのだって、廻り方のお役目の一つですよ。ちょいと、あそこの見世物小屋を覗いていきましょうよ」

聞こえないふりをしてやったのに、こちらの配慮には全く気づいていないようだ。

大松が見ているほうへチラリと目をやると、薄衣を纏っただけの女が何やらやっているという口上を、木戸口のそばでがなり立てている男がいた。脇に立てた幟には、「天女羽衣の舞」と書かれている。

どうやら、地上に舞い降りて水浴びしていた天女が、偶然来合わせた男に脱いだ羽衣を奪われるというひと幕を、芝居仕立てにした演し物のようだった。

無論のこと見物客のほうは、芝居の筋立てに共鳴感激するためではなく、沐浴をしようと羽衣を脱ぐ天女役の素肌を見たいという助平心で巾着の口紐を緩めるのだ。

両国橋広小路でも西の神田側なら見世物はもう少し大人しいものばかりなのだが、川を越えるとその分だけ取り締まりが緩くなるはずと思い込んでいるのか、大胆なものが目につくようになる。

――見回ってるなぁ、おんなし町奉行所の同心なんだけどなぁ。

そのように思って内心溜息をつくが、お奉行から定町廻りを拝命している身であるからには、きちんと取り締まるか見て見ぬふりをするかの二つに一つとなる。

裄沢は、たいがいの同心と同様に見て見ぬふりをするほうだ。ことを荒立てるのが面倒だという意識がないわけではないが、一方で江戸に暮らす人々だってきつく取り締まるだけでは生きていく潤(うるお)いに欠けるという思いもある。

――川一つ隔てるから大丈夫というのは安易ではあるが、お上を畏れる態度を表している分可愛いではないか。

ただし、自分ら町方もそのような甘えた考えに迎合(げいごう)する行動をとってよいかは、また別の話だ。

「旦那ぁ、偶(たま)にゃあいいじゃありませんか。金が掛かるワケじゃあなし」

大松は、裄沢にお上の威光を振りかざさせ、自分も便乗(びんじょう)して木戸銭(きどせん)を払わずに見物しようという魂胆（こんたん）である。

「お前、俺の形（なり）を見てみろ」

裄沢は怒り出すことなく告げる。

「え？」

「どこからどう見たって町方役人そのものだろ」

「……ええ」

だから「銭を払わずに入れる」って言ってるんじゃないかと、察しの悪い裄沢に内心顰（しか）めっ面（つら）になっていた。

大松の心中など容易に見通せても、裄沢は構わずに言う。

「こんなのが中に入っていっちまったら、すぐに木戸口から舞台袖へお達しが行って、とっても行儀のいい芝居を見せられることになるだろうぜ」

「あ、えっと……」

「もっといいものが見られると思って金を払って入った客には恨まれるだろうなぁ——お前、それでもこのまんま入りたいか」

ようやく、自分が同心の旦那から冷たい目で見られていることに気づいたようだ。

「いえ、へえ。次はどこの番屋でしたっけ」

ほんのいっときのことかもしれないが、ようやく仕事に前向きになってくれたようだ。

二

数日後。裄沢は、その日の市中巡回を始めてほどなく急報を受け、深川は久永町(ひさながちょう)の材木問屋・但馬屋(たじまや)に来ていた。本日も与十次は非番で、何の因果(いんが)か供は大松が勤めている。

久永町は深川のちょうど真ん中辺りを南北に分かつ二十間川(にじゅっけんがわ)の北側にへばりつくように所在する町で、大横川のほどちかく、深川も東の端のほうに位置している。

周囲を見渡せば材木問屋ばかりが目につくところだが、その表構えは板塀に柾(まさ)木垣(きがき)、槙杉(まきすぎ)の刈り込みなどで整えられていて、知らぬ者が見ればまるで蔵屋敷が建ち並んでいるように思うだろう。

「済まねえ、遅くなった」

裄沢が目指す見世の表で出迎えを受けているところに、お供を連れた臨時廻りの室町が、流れる汗を拭きつつ駆けつけてきた。

「いえ、俺もついさっき着いたばかりですから」

言いながらも、裄沢はホッとする。馴れていない自分が一人で対応しなければならぬかと思っていたところなので、老練な室町の到着が心底ありがたかった。訴え出た見世からしても、成り立ての定町廻りよりは見知った臨時廻りのほうがよほど心強かろう。

「で、盗みにあったと」

閉めたままの店先で、出迎えた町方二人のやり取りを見ていた見世の主に、室町が話を向けた。

「は、はい。手前どもも、金蔵に足を踏み入れるまで気づきませんで」

「ともかく、そこへ案内してもらおうかい」

室町の言葉に従い、見世の主と番頭が案内に立つ。

但馬屋の金蔵は、家の中に造り込まれてはおらず、中庭に独立した土蔵として建てられていた。

「家屋敷たぁ離れたとこに金蔵置いてんのかい。ちっと不用心じゃねえのか」

辿り着いた蔵の前で、外観を見ながら室町が感想を述べる。

「はぁ。手前どもは材木を扱う商売ですが、貯木池から上げた木は雨曝しにしておけませんので、屋根のあるところとなると、取引ですぐに持ち出すつもりの品など、どうしても見世のそばに置く物が出て参ります。そうすると、火の手を避けるためには家の中ではなく、蔵は外のほうがよかろうという考えになりまして――無論のこと、泥棒に備えて用心棒は雇っておったのですが……」

但馬屋の主は恐縮しながらも、そう理由を語った。

金蔵を家の中に造り込みにすると、実際家で火の手が上がれば、周りを火の点いた薪で囲ったような具合になる。特に屋根部分は家とつながっているので、蔵を火災に備えた造りにしていても家と一緒に焼け落ちてしまうことになりかねないのだ。

だから、周囲に燃え移るような物を置かず空き地にした中で、独立させて建てた土蔵を金蔵にしたのであろう。

「中を見してもらおうかい」

室町の言葉に、番頭から鍵を受け取った主が土蔵の扉の前に立った。

「ちょっと待ちねえ」

鍵を開けようとした主を制止して、室町が場所を代わる。手を触れずに上から覗き込み下から見上げるなど矯めつ眇めつした後、錠を手に取ってさらに細かく検分した。

ひととおりやって満足すると裄沢を振り向く。

無言の促しに従い、今度は裄沢が扉の前に立った。扉を横切る黒い鉄の枠から突き出した輪に刺さる、無骨な錠を見やる。錠の有りよう——というよりも、その近辺の扉に妙な傷や跡がないか気にしつつ観察する。

次には錠自体を手に取ってみた。見た目どおりの重さが手にずっしりとくる。鍵穴の部分を陽に翳しながら覗き見たが、陰になっているばかりで中の様子はほとんど判らなかった。少なくとも、鍵穴の周りに引っ掻いたような疵がないことは確かめられたので、それで満足することにした。

裄沢が見よう見まねで錠を調べている間、室町のほうは主から受け取った鍵を検分していたようだ。裄沢が扉の前から離れたのを見て、今度は鍵を渡してくる。

受け取って手にした鍵も、そこそこの大きさがある鉄の塊だ。ひっくり返したりしていろいろな角度から眺めたが、こちらについては何を見極めればいいのか皆目見当がつかなかった。

大事にしているのであろう、屋外で吹き曝しになっている錠と比べると、細かな疵や錆が浮いたようなところも見当たらないことだけは気がついた。

「じゃあ、中へ入ろうかい」

室町の言葉に、裄沢が返した鍵を使って但馬屋の主が錠を開ける。扉からはずした錠と鍵は、番頭が受け取った。

扉は軋んだ音を立てながら開いていく。

「この音がしたら、家の中でも気がつくかい？」

「さすがに真夜中でも、風が吹いていたなら家の中では気づかないとは存じますが、用心棒は夜っぴて外を回っておりますので、すぐではなくとも異変があればそちらは気づくのではないかと」

室町の問いに答えたのは、錠と鍵を抱えた番頭だった。

裄沢が組屋敷の寝床で聞いていた限り、昨夜は気になるような強い風は吹いていなかったはずだ。

「でも、実際盗みに入られてんのに、全く気づかなかったんだよなぁ」

「それは……」

番頭が返答に窮する。見世の主のほうは苦虫を噛み潰した顔をしていた。何にせよ、用心棒には災難なことだ。もっとも、気が抜けていて見逃したのであれば自業自得だが。

いずれにせよ、用心棒にとっての先行きは、決して明るいものにはならないだろう。

「用心棒は何人雇ってる」

「二人で」

と答えたのは主のほうだ。

「昨夜は二人ともいたのかい」

「毎晩お願いしています」

「いずれかが休みの日は」

「ですから、毎晩のお約束で働いていただいております」

それでは疲れも出るだろう。昼は寝ていたとしてもこの暑さだ。連日の睡眠不足が溜れば、気力が続かず注意が散漫になっていてもおかしくない。

とはいえ、当人たちも納得ずくの約束ごとであろうから、口には出さなかった。

用心棒に関するやり取りが終わり、見世の主は観音開きの扉を両方とも開け放った。内側には格子の嵌まった引き戸があって、やはり錠が取り付けられている。

裄沢は、奉行の密命で内偵をした際、雑物を収納しておく蔵を見せてもらったときのことを思い出した。「いずれも、金目の物を仕舞っておくところは二重に鍵を掛けるのだな」と独り感心する。

この戸の前でも、表の扉でやったのと同じような観察を室町とともに行った。こちらのほうは、戸板ごとはずされたりはしていないか、敷居や鴨居の辺りも念入りに検分した。

それも終わり、見世の主に内側の戸の錠を開けさせることにする。主は、首に掛けた紐を引っ張り、胸元から鍵を取り出した。錠もそうだが、鍵も外の扉の物よりはだいぶ小さいようだ。

「その鍵を持ってるなぁ、お前さんだけかい」

「ええ、そうでございます」

室町の問いに、見世の主は即答する。

「夜も、そうやって寝てるのかい」

「寝るときも首から提げ、風呂の間は目につくところに置くようにして、ほとんど肌身離さず持っておると申してよいかと存じます」

大した執着だと、裄沢は感心する。しかし、そこまでの気持ちがなければ大きな商いをするような商人にはなれないのかもしれない。

見世の主が引き戸を開けて、番頭とともに先に中へ入った。

室町は自分らの小者二人に「外で待ってろ」と指図してから裄沢を促し後へと続く。蔵は、床も漆喰で固められている中に、一部板敷きのところがあった。

中を見渡すと、奥の壁際に棚があるのがまず目に入った。棚板と木の枠だけの簡素な作りの物である。その脇には小簞笥があり、板敷き部分の床には金箱が置かれていた。

中に入ってすぐに皆の足を止めさせた室町が、見世の主と問答する。

「今朝中に入ってから、どっか弄ったかい」

「何が盗まれたのか、確かめねばなりませんでしたから」

「そのとき入ったのは、お前さん一人かね」

「いえ。金箱が一つ見当たらないことに気づいていったん鍵を掛け、この番頭を呼んで二人で中を確かめましてございます」

「手前は、中の物がどうなっているのかよく存じませんので、ほとんど入り口のそばで旦那様のなさることを見ていただけにございますが」

そう番頭が補足する。扉の内側の引き戸の鍵を持っているのが主だけだというなら、番頭でもあまり入ることはないのだろう。

蔵の中に射す明かりは、天井近くに設けられた東側と西側――入り口からは左右に見える、二つの小窓だけである。その小窓には、鉄柵が嵌められているようだ。

室町は、小腰を屈めて何かを見透かすようにする。体を動かしながら角度を変えて観察している様子からすると、どうやら陽光の反射具合で床に残された足跡を見ようとしているようだった。

「それで、確かめてみたところが何を盗まれてたぃ」

「まだきちんと見られてはおりませんが、おそらくは金だけかと」

「証文の類はその小簞笥かい」

「はい。大福帳などの帳面は棚に置いておりますが、金銭に関わる大事な書付はあの小簞笥に仕舞っております」

「掛かりますが、その鍵はいつも手前の寝所の手文庫に。普段は、箪笥にまで鍵は掛けておりません」

「小箪笥に、鍵は？」

「金蔵の表の扉の鍵の置き場所は？」

「帳場の銭函に。夜は、銭函ごと内蔵へ仕舞います」

「ここ以外に内蔵もあんのかい」

「簡単な造りのものですが」

「後で、そっちも見してもらおうかい」

そこまでやり取りして、室町はいよいよ本丸に取りかかる。

「で、盗まれた金高はいってえどのぐれえんなる」

「千両箱が一つ、なくなっております」

見世の主は唾を呑み込んでから問いに答えた。

「中はどのぐれえ入ってた」

「ほとんどが小判で、一分金や延板銀なども含めてほぼ一杯に」

俗に千両箱と言うが、実際には小判を目一杯詰め込んでも千枚も入りはしない。見世の主の言い分を信じるとして、盗られたのはおよそ六百から八百両というところか。

「大金だな」

「これから仕入れもありますし、金策に走らねばなりません」

思わず漏れ出た室町の呟きに、見世の主は肩を落としながらそう応じた。

冬になれば火事が増える。建て直される家も多く、木材が高騰する。一方で、雪が降り積もる季節に山から樹を伐り出したりはしない。確かに一番火を使わない今の時季こそ、材木屋にとっての仕入れどきなのだろう。

「千両箱はもう一つ残っているようだが」

「そちらは銭ばかりで、せいぜいが二朱金とか小粒銀が入っている程度にございます」

そちらは目方があるばかりで運び出しても割に合わないと、放置されたのか。

室町は床を見ながら足を進め、中央付近で立ち止まった。

「千両箱があったなぁここかい」

「はい、その四角く跡が残っているところにございます」

中にギッシリ金の詰まっている千両箱は重い。何度も動かしたのか、床板にはちょうど箱一つ分の跡がくっきりと残っていた。

室町がその場に立ってぐるりを見回し、入り口から左手、東側の小窓に近づいて見上げる。

それから奥の棚のあるところまで足を運んで、やはり左側を丹念に見ていった。

「あの、そこに何か……」

室町の動きを気にした見世の主が訊く。

「梯子はあるかい」

室町は振り返ると、問いには答えずに己の望みを口にした。

「梯子、にございますか」

「あの、どの程度の」

戸惑う見世の主と算段をする番頭。

「この蔵の、屋根まで上がれるぐれえのがあるといいな」

番頭は、見世の主から許可を取り、「用意して参ります」といったんその場から去る。

裄沢は、室町と見世の主従のやり取りを小耳に挟みながら、自分も室町と同じように蔵の中を見て回った。

扉の外から「梯子の用意ができました」と番頭が顔を出したのを合図に、皆が蔵の外へ出る。

室町は、中で気にしていた左手のほう、東側の小窓がある側へと蔵の外を回り込む。番頭に指図されて梯子を手に待つ奉公人をそのままに、まずはその辺りの地面を入念に調べた。

「昨日から今朝にかけて、こっちでも雨は降らなかったよな」

「はい。このごろはお湿り（しめ）は全く」

裄沢も市中見回りでポツリとも降られた記憶はなかったが、局所だけ降るようなこともあるからいちおう確かめたのだろう。

室町は裄沢にも同じように地面を確認させてから、奉公人に命じて蔵の外壁に梯子を立て掛けさせた。裄沢が見たところ、土の地べたには特段変わったところは見つからなかった。

室町は立て掛けさせた梯子を見世の奉公人に保持させると、身軽にヒョイヒョイと登っていく。小窓のところへ到達すると足を止めて、中を覗き込んで何やら調べている様子だった。

「えっ⁉」

覗き込んだ姿勢から上体を離した室町が、無造作に小窓の鉄柵へ手を掛けると、次の瞬間見ていた皆が驚きの声を上げた。窓にしっかりと嵌まっているはずの鉄柵が、その手であっさりとはずされたのだ。

「賊(ぞく)が入ったなぁ、こっからだな」

室町が皆を見下ろしながら、全く昂(たか)ぶった様子のない声で言う。

「すると賊は、ずいぶんと小柄だということになりますね」

裄沢が梯子から下りてこようとする室町へ話し掛けた。

室町の連れていた小者が、梯子の段を踏み降りてくる室町から鉄柵を受け取っていた。

その小者の手にある鉄柵を、見世の主と番頭は唖然(あぜん)とした目で見つめている。

いったん梯子をはずさせた室町が、また元の位置に置き直させた。

奉公人はなぜこんな無駄な動きをさせられたのかわからぬ様子だったが、裄沢は梯子をはずした地面にしっかり跡が残っているのを目で確認した。

三

「で、どう思った」
盗みに入られた但馬屋を出てから、室町は裄沢に訊いてきた。
「さっぱりですが、おそらくはこれまでも似たような犯行を重ねた盗賊であるか
と――室町さんが、途中から何かに気がついたように動き出しましたから。それ
は過去にあった盗みと共通する何かを見つけたということでしょう」
「ふむ。で、おいらはどこで何を見つけたって?」
「うーん。まずは扉とその内側の引き戸を調べて、そこに細工された痕跡がない
ことを知った。跡を残さぬような巧みな解錠を行ったということもあり得ます
が、扉以外のところから侵入したのかもしれない、という目も出てきた」
「……そうだな。ちなみに扉の鍵を受け取って念入りに見てたのは、型を取って
複製したなら出っ張りの隙間(すきま)なんぞに型押ししたときの蠟(ろう)が残ってるかもしれね
えと思ったからだ。そこまではっきりしてなくても、普段手に触れねえとこが妙
にテカッたりしてるようなこともあるしよ」

「後は、足跡でしょうか。扉のほうから出入りした跡に妙なものはなかった」

「見世の主が残した跡があるから、はっきりたぁ判らなかったけどな」

「しかし、奥のほう、棚などがあるわけでもない東側の小窓の下は、そんなところに用があるはずもないのに、なぜか痕跡を消したように床が払われていた」

「探索に不慣れだと、あるはずの足跡がねえってとこで『ここは何にもねえ』って思い込んじまうとこだけど、よく気づいたねえ」

裄沢は室町の褒め言葉を流して問いを発した。

「で、以前より高所から侵入して金を奪うような盗賊がいたのですか」

室町は、記憶を探るように空を見上げた。

「ああ、かなり間を空けて犯行に及ぶから、おいらたち町方からもあんまし目をつけられちゃいねえんだが、こたびとおんなしように高所の窓を判らねえよう細工して、そっから忍び込むって賊がいるようなんだ。

前回は三年前、先日の大堀屋と同業の質屋に忍び込んでる——もっとも侵入られた質屋があったとかぁ、麻布の宮下町だけどな。そんときゃあ、ギッシリ入った千両箱が二つだった」

麻布は江戸城からは南南西の方角、外濠にある溜池よりもかなり向こうになる。宮下町界隈は町人町が固まっているが、周辺は中小大名の上屋敷や旗本屋敷に取り囲まれている。

一度に千五百両を大きく超える金を盗まれたという質屋は、こうした武家屋敷との取引が多いところだったのかもしれない。

「そこでも、同じように窓が破られていたのですか」

「ああ――実際に判ったなぁ、それよりだいぶ前、今から十年前に盗みに入られた商家で、一昨年蔵の外壁の塗り直しをしようとしたところが、雨風に曝されて脆くなってたんだろうなぁ、高窓が破られた後に嵌め直されてんのが、ようやくそんときンなって見っかったからよ。

そこの主から奉行所へご注進があったんで、三年前に盗みに入られた質屋へ調べ直しに行って判明したってこった」

「他にも、同じような例があったのですか」

「いいや。疑わしい所ぁあったんだが、大金盗られたのが因で潰れてもう更地んなってたり、どっから入られたのか判らねえような不用心な蔵ぁそのままにしとけねえってんで、取り壊して建て直されたりしちまってたんで、確かにおんなし手口だって言い切れる所ぁねえな」

「……しかし、室町さんが抜き取った小窓の鉄柵を見せてもらいましたが、ひと晩でできる仕事じゃありませんね」

「ああよ。少しずつ壁を削ってって、そいつがバレねえように胡粉か何か白い塊を塗りたくって、下から見上げたぐれえじゃあ細工に気づかれねえようにしてるようだな」

「よく用心棒に気づかれませんでしたね」

裄沢の感想に、室町は深く息を吐いた。

「お前さんも聞いてたろう。用心棒は二人っきりで、毎日休みもなく不寝番をさせられてたって。そんなんじゃ、さすがに身が保ちゃしねえや。雇い主の目が届かねえとこぉ見計らって、息抜きしてたに違えねえ」

「そこを見逃さずに高窓へ忍び寄って毎晩細工を続けたと」

「毎晩かどうかぁ知らねえけどな。まぁ、用心棒のほうも最初は息抜きすんのに気ぃ遣ってたとしても、馴れちまやぁ怠けんのも大胆になってってたろうさ——いずれにせよ、ずいぶんと根気のある盗人だってこたぁ間違いねえな。小窓を細工するんだって、住人に勘づかれねえようにコッソリやるとなりゃあ、そうサクサクと壁を削るってワケにもいくめえからな」

「三年前には千両箱を二つも盗っていったとすると、一人ということはありませんね」

「ああ、ずいぶんと器用なマネしてるとこからすると、それぞれ得手（えて）のある野郎が何人かで組んでやってる仕事だろうぜ。たとえば、用心棒が来たときに合図する見張り役と、窓の鉄柵を抜けるように細工する野郎と、中へ入って実際に盗みをやる奴の三人組とかな」

「……三人だけでできるでしょうか」

「最低でもそれぐれえはいそうだってことさ。見世のこともよく調べてなきゃあ、あんな人を嘲笑（あざわら）うような思い切ったやり口は取れねえだろうし、実際捕らえてみりゃあ総勢十人超えてたって話になっても、おいらぁちっとも驚かねえよ」

「室町さんが知っている中で、連中の特徴が一番よく出ていた手口はどのようなものでしたか」

室町はちらりと頭を整理してから返答してきた。

「やっぱり、三年前の質屋の盗みだろうな。こたびとおんなし家屋敷とは別に建てた蔵だったけど、商売柄、金目の質草（しちぐさ）をたくさん預かるってんで母屋（おもや）よりも大きいほどの立派な土蔵だった。二階建てで、一階にも窓はあったけど泥棒避（どろぼうよ）けにほんの小さな物で、窓の穴自体を広げなきゃあとっても出入りできねえような代物だ。

そして大物の質草も入れるために一階の天井は高く造ってたから、二階の小窓ったって、そこいらの家とは比べもんにならねえほど上のほうにあったよ――二階が金蔵になってたから、また別に錠前があったしな。蔵ん中へさらに造り込みの金蔵入れ込んだような、ご大層な土蔵だったねえ――まぁ、そんでも盗みに入られちまったんだけどな」

「その金蔵部分にも小窓があったのですか」

「あったこたぁあったけど、一階とおんなし小さいモンだったねえ。賊が入ったなぁ、造り込みの金蔵の外側にあったひと回り大きい小窓のほうだ――そこじゃあ金蔵の錠前は、珍しく壊されてたねえ。まあ、一階の入り口んとこでしっかり施錠してるからって、肝心の金蔵の錠前は大したモンを付けてなかったけどな。

そういや質屋の主ぁ、『蟻の一穴だった』って、大いに悔やんでたな」

「蔵は母屋とは別の建物になってたと伺いましたが、こたびと同じく、ある程度広さのある空き地の真ん中に、ポツンと建てられてたってことですか」

「いや、これも商売柄だろうけど、母屋たぁ渡り廊下でつなげてたよ――そんで質草の出入りがあるから一階のほうの扉の錠の開け閉めがいい加減で、当時はずっと、昼に蔵の扉の錠を閉め忘れたとこへ誰かが盗みに入ったんじゃねえかって筋で調べてたようだ。

　けど、怪しい野郎は出てこねえし、二千両近くもなくなってるのに金どころか空の千両箱も見つからねえ。結局お手上げんなって、十年前に盗まれたとこからご注進がなきゃあ、そのまま手掛かりもナシで終わってたとこだ」

「金も千両箱も見つからなかったということは、錠を閉め忘れた扉から出入りしたとしても、見世の敷地の外へは持ち出せたはずがないと判断されたのですね」

「ああ、なにしろ質屋だかんな。見世の周りは高さ一丈（約三メートル）もある黒板塀でぐるりを囲ってた。塀に破れ目はねえし、見世の表はもとより裏口までしっかり人の目があって、五十両や百両ぐれえならともかく、何人かで手分けしたって二千両近え金を持ち出したり隠したりすることたぁできなかった。ましてや、千両箱なんぞどうやったって隠しようはねえからな」

「さほどに高い塀を乗り越え、さらに高いところにある小窓に細工をするとなると、よほど身の軽い者が一味の中にいることになりますな——軽業師や角兵衛獅子の類の者かもしれませんね」

角兵衛獅子は、獅子頭の被り物を頭から被った子供が、逆立ちや宙返りなどをしてみせる大道芸だ。わざわざこれに言及したのは、狭い小窓から出入りできるほどに小柄だとすると子供かもしれないと思ったからだった。

「おいらたちだってそのぐらいの見当はつけたよ」

「見つからなかったのですか」

「盗みの手口ゃあ、でえぶ後ンなってから判ったことだったしな――完全に出遅れちまったわけだけど、まあ、そうでなくっても難しかったろうさ。

お前さん、このお江戸に軽業師の類がどれだけいると思う？　小屋掛けの見世物興行やってる連中だけじゃあなくって、寺社の境内やらその辺の道端やらで大道芸を見せてんのまで入れたら、とっても数えきれるもんじゃねえぜ。

おまけにそういう奴らは、ひとっ所に居着いてるワケじゃねえ。あっちこっち旅ぃしながら、儲けられそうなとこで芸を披露し、飽きられそうんなる前に次の町、次の国へ移ってくんだ。一つ調べてる間に、次に調べようって思ってた奴らはもうとっくにどっかへ行っちまってんのさ」

「それは……なるほど、そうですね」

いくら町奉行所とはいえ、はっきり「こいつが怪しい」と特定したならまだしも、「ひょっとしたら」「かもしれない」だけで全ての軽業師の類の足止めができるわけがない。

「まぁ、だから、何か他の手掛かりを見つけねえと、どうしようもなかったのさ」

室町は淡々と語った。それは諦めている表情ではなく、忍耐強く地道に探索を続ける廻り方らしい顔なのであろう。

裄沢はその日の帰り、組屋敷へは直接戻らず、芝は二葉町のあの一杯飲み屋へまた足を向けた。

三吉は、「これからは五日に一度夕刻にこの見世へ顔を出す」と言い、用があるときはその際に落ち合うことに決めていた。今日はちょうど、その三吉が顔を出す日なのだ。

いつものように、裄沢が縄暖簾を潜ると見世の奥で三吉がこちらを見ていた。

裄沢は真っ直ぐ足を向け、迎え出た小女に手早く注文を告げて三吉の隣に座る。

「何か、ございましたか」

小女が裄沢の酒肴を並べて去っていってすぐに、三吉が問うてきた。

それに応じようとして――裄沢はいったん口を噤む。思い直して、最初に口にしようとしていたのとは別なことを言った。

「今さらなのだが、その前に訊いておきたいことがある」

「何でしょうか」

「俺はこのとおり、ひと目で廻り方の町方役人と判る格好だ。そなたの行きつけであろうこんなところで、しょっちゅう町方と会っている姿を周囲に見せて大丈夫なのか」

何を言われるかと緊張気味だった三吉は、裄沢の問いに目元を緩ませた。

「確かに今さらでございますね。まあ、今あっしを使ってくださっている元締はご承知のこってすし、正直なところ、あっしが裄沢様と昵懇だってこって却って仕事がやりやすくなったところもございますんで。

もちろん、裄沢様のお勤めのお邪魔にはならねえように気をつけておりやすが、香具師の元締の手下風情がお上のご威光を笠に着るなんざやっていいこっちゃねえってことでしたらやり方を改めますんで。どうぞお指図をお願いします」

「……いや。そなたに迷惑が掛かっていないならそれでよい――そのために手札を渡しているのだ、利用できるところは思うように利用してもらって構わない」

それでも、裄沢の手札を使うかどうかにかかわらず、法度に大きく触れるような振る舞いはすまいというほどにはこの男を信用していた。だからこそ、どんな御用聞きにも手先にも渡すつもりのなかった手札を三吉へくれてやった。

「ありがとうございます――で、本日のご用件は」

裄沢の返答に心に来るものを覚えながら、三吉はそれを誤魔化すように話柄を変えた。

裄沢は、本日立ち会った盗みの現場を含め、過去にあった同じ者らの犯行と思われる盗みについても室町から聞いたことを三吉に語った。

「なるほど。で、あっしは何をすればよろしいんで」

ずっと黙って聞いていた三吉は、裄沢が語り終えるとただそれだけを尋ねてきた。

「香具師の元締の下で働いているそなただからこそ、できそうなことを頼みたい」

「……軽業師の中からそういうことのできそうな野郎を見つけ出すってことですか――やれとおっしゃられればいくらでもやりますが、あまり期待はしないでおくんなさい。ご期待に添えなさそうで、真に申し訳ございません」

「自信はないか」

「はい。あっしの親分は香具師の元締をやっていなさるとはいえ、実際に顔が利くのは芝界隈で商売をやってる連中だけです。しかも、そのほとんどは流れ者で、元締の縄張りから出たらもう跡を辿ることすら難しゅうござんす。この広いお江戸で、しかもいつまで江戸にいるかも判らねえ者を見つけ出すとなると、少しばかり荷が重うございます」

三吉の申し訳なさそうな返答を、裄沢は却って好ましく思う。大言壮語して実行が伴わない男よりも、ずっと頼りになるというのが裄沢の考えだった。

「怪しい奴がいないかどうか、そこいら中をみんな当たってったら、そなたの言うように手に余ることになるであろうな」

「……では、当たる相手を絞り込むと？」

「ああ。その中に本当にいるかどうかは判らぬがな。まあ、やらぬよりマシという程度の心づもりで、肩の力を抜いてやってもらえればいい」

「ともかく、どのようにやるのかお聞きしましょうか」

三吉の促しに、裄沢は自分の考えを話していった。

四

それから六日後。

前日の夕刻に再度三吉と会った裄沢は、今日は同心詰所で待機するつもりであった室町を外へ誘った。

「また何か思いついたことでもあるのかい」

自分の持ち場へ向かう裄沢と並んで歩く室町が、軽い口調で問うてきた。しかし、その目からは隠せない期待が伺える。

「はい、少々聞いていただきたいことがありまして」

「お前さんも廻り方の一員なんだから、こんなとこでおいら一人相手にしねえで、詰所のみんなが集まった中で披露すりゃいいんだぜ」

「いえ、皆さんに聞いていただけるほどの考えかどうかわかりませんので、まずは室町さんにご判断願いたいと思いまして」

口ではそう言っているが、自分はあくまでも来合が戻ってくるまでの短い間だけの代理だから、という遠慮があってのことだと室町は知っている。それだけではなく、どうやら裄沢は廻り方の中であえて目立たないようにしている節もあった。

ただそれが、来合の原職復帰を邪魔しないため、というところまではさすがの室町も考えが及ばない。裄沢当人としては、「このまま裄沢でもいいのではないか」などという声が上がることなど万が一にもないように、と気を配っているのだった。

「ふーん、まあいいや。その考えてることってえのを言ってみねえ」

「はい、それでは。先日の深川・久永町の泥棒の一件ですが、軽業師か角兵衛獅子が一味に加わっているのではという思いつきに、それだけでは調べきれないとのお話をいただきました」

「ああ、そっちのほうへも全く目配りしてねえわけじゃねえけど、実際のところぁほとんど手ぇつけられちゃいねえな」

「そこで、当たるも八卦というヤツで、少々対象を絞ってみました」

「ほう」

「まずは一味の人数ですが、室町さんは小窓に細工する者と実際に侵入する者、それに見張り役の最低三人はいるだろうとおっしゃいましたが、普通に考えるにもっと多くの者が関わっているように思えます。先に挙げたような特殊な技能を持った者らが、下調べまで得手にするとはなかなかに思い難いですから。

それに、こたびの盗みでも先の質屋の盗みでも千両箱をそのまま持ち出しているようですが、あれほどの重さのある物を高いところから引き下ろし、さらには質屋のときには高い塀を乗り越えさせて上げ下げしたとなると、かなり力の強い者も加わっていたかもしれません」

「千両箱程度の重い物の上げ下げなら、二人がかり三人がかりでもできるぜ」

「吊っているところがしっかりしているならばそうでしょうが、おそらくは蔵の中まで忍び込んだ者が一人で支えていただけだろうとなると、多人数で力を入れたのでは吊っている者に強弱バラバラな力が不均一にかかることになってしまいます。それを支えるのが忍び込んだ者一人となると、その人物は小窓から中に入れるほど小柄で、なおかつ引き下ろす力に強弱ある中で千両箱を絶対に落とさぬよう支えられるだけの力持ちだ、ということになります」

「なるほどねえ。下で引っ張るのが一人だけなら、忍び込んで千両箱を持ち出した上にいる野郎と息を合わせるのも容易だってか」

「それに、蔵の前まで入り込んで下で待ち受ける人数が増えれば、それだけ見つかりやすくもなりますし。

さらに言えば、力持ちを高い塀の中に忍び込ませたり、小窓に細工をする者をそこまで引き上げたりするのに、身の軽い者一人だけでは足りないように思います——その役だけでも最低で二人はいるものと見たほうがいいのではないでしょうか」

「……そうすると、どうなる」

「一味の者らに指図する頭目も別にいると考えれば、室町さんが『それだけいても驚かない』と言ったように、十人以上の者らが加わっていると俺には思えます。

そしてその者らですが、盗賊の集団はときには一人ひとりに分かれて次の獲物のいるところへ移動することもあると聞いてはおりますが、少なくともその中で身の軽い者と力持ちについては、いつも一緒に動いているのではないかと思うのです」

「なんで、そんなことが言える？」

「他の者はともかく、こうした技量は普段から使い続けていないと衰えたり勘が鈍ったりするものですから。そうして、普段からこのような技量を磨き続けられる場所というのは限られてきます」

「……見世物小屋や、大道芸か」

「はい。もしそうだとすると、同じ一座にいるかもしれないと考えたのです。それぞれ別な一座にいたのでは、盗みに入るにもその支度をするにも必要なときにみんな江戸にいられるとは限りませんから」

「……もしお前さんの考えるとおりだとすると、一座ぐるみで盗人の一味ってことになりそうだな」

「ええ。そのほうが、盗みに入る前の支度にも実際に盗みに入るにも、みんな簡単に都合を合わせられますので。ただし、裏の稼業を全く知らぬ者が、一座に加わっているということもあるかもしれませんけれど」

「そんときゃあ、座主が盗人の頭目ってことになるんだろうな」

「いつどこで興行を打つか決めるのが座主ですからね。ただ、一味の手下に座主をやらせて、頭目は裏方か何か陰に隠れているということはあり得るかもしれません」

室町は、裄沢の主張をしばらく黙考して検討した。穴はないか、口に出して確認する。

「今のお前さんの考えは、軽業師や力持ちがどこかの一座に入ってるってことを前提にした話だ。そうじゃなくって、それぞれ個別に大道芸でもやってりゃあ、一味の集合が掛かったときに好きに動けるんじゃねえのか」

「それはおっしゃるとおりです。俺の考えは、全く的をはずれているかもしれません——ただみんな一緒なら、盗人一味にとってこれほど勝手のよいことはないのではないかと思いまして。

それに、力持ちはまだしも、軽業を大道芸でやるとなると、わずかな小道具を使った体の動かし方しかできないことになります。これが見世物小屋なら、大仕掛けが組めて十二分に盗みに入る鍛錬になり得ますが」

「そして、演し物自体を次に盗みに入るとこの稽古に仕立てられんなぁ、演目を決める座主ってことか……」

いちおうは理屈が通っていると納得した室町が、最初の問いに戻る。

「そうするってえと、どんな一座が目当てんなる？」

「軽業師だけでなく力持ちもいる一座となれば、そこそこ大きなところでしょう。それに、これは全くの憶測なのですが……」

自信がないのか口ごもった裄沢に、室町は視線で催促する。それを受けて、裄沢はようやくさらなる考えを明かした。

「大きな一座であるなら、他にも役に立つ者を抱えているかもと思いまして」

「てえと？」

「獣使いです。力仕事や細かい仕事は無理でしょうが、たとえば猿なら、先に小窓のところまで行っている者のところへ縄の一端を持っていって渡すぐらいの、軽業の補助はできるでしょうから――あるいは、梟や木菟のような鳥でもできるかもしれませんが」

「夜だから、梟や木菟ってか」

「羽音が聞こえそうですから、やはり使っているとすれば猿だとは思いますが」

「で、そんな一座がいるかどうか探せってことかい」

「実は、一つだけ見つけました。鳥ノ山紅玉一座という娘軽業の面々で、力持ちや猿回しを含んだ芝居仕立ての軽業興行をするところです。今は外桜田の山王社で興行を打っていまして、三年前の質屋に賊が入ったころは浅草で演し物をしていたようです――それより古いことは、残念ながら記録に残した物が見つからずに判らぬままですが」

外桜田は内濠と外濠の間、江戸城の南の方角から南西にかけて広がる地域で、ほとんどを親藩などの有力大名の上屋敷が占める武家地になっている。その南西の一角、外濠と接するように存在する山王社は江戸城の鎮守社として知られ、江戸の地の総鎮守である神田明神と並んで、二年に一度の大祭の神輿は城内まで繰り込むことが許されるほどに優遇されていた。

室町は裄沢が言及した一座についてちらりと考える――確かに女の一団ならば、一味の軽業師が小窓から出入りできるほど小柄だということにもすんなり得心がいった。

しかし、問題はそこではない。

「お前さん、もうそこまで……」

こちらへ相談する前に、すでにここまで突き止めている――あまりの用意周到さに、室町は呆れ声を出した。

無論のこと、裄沢の命を受けて実際に調べたのは、香具師の元締の下で働く三吉である。

三吉が先に言ったように、元締の意向が通るのはそのとき縄張り内で商売をしている者だけに限られるが、「今どこで何をやっていて、何が売れている」といった便りは、各地の元締の間で頻繁にやり取りされている。現在商売をさせている者が飽きられる前に、次にどんな者を入れるかを検討し、場合によっては目玉にするためわざわざ一本釣りで招くようなこともあるからだ。

すなわち、江戸の中のことで、場末にいるような演者の顔ぶれではなかろうということだから、「お前さんのところでこういう一座はいないか」と問い合わせるならば、問い合わせ先も繁華な行楽場に限られ、近場であるから返事もすぐ届く。そうした中で、唯一それらしい返答があったのが山王社近辺を縄張りとする元締だったのだ。

「お前さん、そこまで自分で調べたんなら、さっさと行ってみるなり、詰所の皆がいる前で話すなり、すりゃあいいじゃねえか」

「単なる思いつきで、何の確証もありません。全く的はずれであってもおかしくはないので、まずは室町さんのご意見を聞こうかと」

「廻り方の探索なんてなぁ、『ああでもねえ、こうでもねえ』って、思いついちゃあやり直しの連続だぁな。そん中で、一つでも取っ掛かりにぶち当たりゃあ見っけもんってとこだ。

お前さんは廻り方んなってまだ日も浅(あせ)えのに、もうそこまで手前独りで行き着いてんだ。なぁに、もし見込み違えだったってことになったって、恥じることたぁねぇや。胸ぇ張って堂々と己の考えを皆に披露すりゃあいい」

室町が自分のことのように裄沢の成果を喜んでくれているのは理解しながらも、裄沢はその勧めに肯んじなかった。

「最後まで見届けられるならそのようなやり方もありましょうが、俺はもうすぐ廻り方でなくなりますので」

「お前さん……」

来合が復帰できるとなったところですぐにでも交代しようという裄沢の思いを理解しきれていない室町にとっては、いかにも不思議な腰の引け方に見えた。

裄沢は室町の戸惑いには構わずに、己の願いを口にする。

「できれば室町さんご自身か、山王社近辺を受け持ちにしている佐久間さんに調べてもらえませんか」

佐久間弁蔵はいわゆる城南方面、赤坂から麻布、広尾などを担当する定町廻りである。山王社の周辺は武家地ばかりだが、参道や境内に参拝客を相手にする見世が並んでおり、そうした客や商売人がほとんど庶民であることから、近くを受け持つ佐久間がここまで足を向けて見回っているのだった。

「……そりゃあ調べるにしても、ところを受け持つ佐久間さんに筋を通さねえわけにゃあいかねえが」

「ならば、話を持っていくだけでなく、実際調べるところまでやっていただくのがいいのでは」

「お前さん。それだと、実際当たりだったときにゃあ佐久間さんの手柄になっちまうぜ」

「いいではありませんか。これまで捕まらなかった盗人を引っ捕らえる——商人たちは、その分枕（まくら）を高くして眠れることになりましょう」

室町はいまだ納得のいかない顔をしていたが、裄沢にわずかの躊躇（ためら）いもないのを見て説得を諦めた。

「じゃあ、おいらはこれから佐久間さんが市中見回りに行った後を追うから、ここで別れようかい」

「ご足労を掛けますが、よろしくお願いします」

頭を下げてくる裄沢へ、まだ何か言いたそうな顔をしながらも、室町は背を向けて去っていった。

「さあ、行くか」

「へい」

頭を上げた裄沢は、供につく与十次に声を掛ける。与十次も余計なことは言わずに応じた。

裄沢は、やるべきことはやったと充足した表情で、本日の見廻りのために再び歩き始めた。

五

その日の市中巡回は特段の問題もなく終わった。夕刻に奉行所へ戻ると、緊急時に備えて室町が待機していた。

その室町によれば、今朝相談された裄沢の考えを佐久間に伝えたところ、「本日はざっと周囲を当たって翌日に当該の一座へ探りを入れてみる」と返答があったという。

夕刻の集合には当然その佐久間も顔を出していたが、特に裄沢へ何かを言ってくることはなかった。

翌日も、裄沢はいつものとおり市中巡回に出た。

さらに次の日は非番である。ただしせっかくの非番でも、組屋敷で一日疲れた足を休めるというわけにはいかなかった。本所・中ノ郷瓦町の植木屋、備前屋へ行く用があったのだ。

備前屋の主・嘉平は、裄沢の竹馬の友であり奉行所の同輩でもある来合が婚姻を結ぶ相手、美也の親代わりとでもいうべき人物だった。美也の大奥勤めの折の庇護者であったお中臈・お満津の方の実父で、美也が大奥を辞した後に身を寄せた先が備前屋なのだ。

かつて、いったん縁談が調った後に突然美也が大奥へ上がることになり、こたびようやく十年越しの祝言を挙げることになったのだった。

美也は十年の大奥勤めの間に実の父親である南町の与力とは半ば縁が切れたような格好になっており、来合のほうはすでに両親が他界し、親戚縁者はいるものの、十年前の縁がいつの間にか復活したことに驚いているばかりである。

こうなれば動いて当然なのは来合本人なのだが、ともかく剣術や捕り物以外ではろくに役に立たないのがこの大男だ。となれば、裄沢が代わりを買って出なければ仕方がないということになったのである。

まあ裄沢当人は仕事ではめったに見せぬほどやる気になっているし、来合のほうは「怪我の療養中だから」というちょうどよい言い訳があるため、それで何も問題はないのだが。

一方で、美也の側のほうは備前屋の嘉平が大乗り気になっている。

かつて備前屋が、ときの老中首座・松平定信の求めに応じ将軍の側室として大奥へ上げた実の娘は、定信が大奥から不興を買ったことで冷遇され最後には死に目にも会えないまま命を落とした。

美也は、そのお満津の方が妹のように慈しんでいた付き人である。大奥を下がった後に手許へ置きその人柄に感じ入ったこともあり、今では「亡くした娘の妹も同然」と大切に思っているのだった。

その美也の祝言であるから、備前屋としては盛大に祝ってやりたい。

これに対し美也自身は、自分が大年増と言われる年齢だという自覚があって、派手な振る舞いには気後れを感じていた。一方で、備前屋の厚意には大いに感謝し、その気持ちに応えたいという思いもあったのではあるが。

もう一人の当事者である来合はどうかというと、美也が自分の嫁になるということだけで十二分に満たされており、祝言なぞはもうどうでもいいようだ。

こうした人々の考えを調整し、あるいは代わりにものごとを進めていくために、裄沢が動くしかないという現実があったのである。

「美也様の、実際のご家族のほうはどう致しましょうか」

訪ねた先の備前屋で問われたが、親代わりとしては確かにそこが頭の痛いところだろう。

今ではほとんど没交渉とはいえ、世間体はもとより、これから北町奉行所同心のところへ嫁ぐからには、南町の与力の家と疎遠なままというわけにはいかない。

「最低でも父親と跡継ぎの長男は呼んだほうがいいでしょうね——なに、ほとんどこちらで決めてしまって、誰が出席するかだけ向こうから申し出てもらえばいいでしょう」

「それではお怒りを買うことになるのでは」

不安げな備前屋へ、裄沢は自信たっぷりに返した。

「いえ、それは俺にお任せいただければと。文句一つ言わせぬ策がありますので」

「策、にございますか……判りました。裄沢様がそこまでおっしゃるからには、この件につきましては全てお任せ申し上げます」

「では、俺は美也さんのところへご機嫌伺いに顔を出しましょう」

「ご案内させますので、しばしお待ちを」

備前屋は手を叩いて声を上げ、裄沢を美也の部屋へ案内させる女中を呼んだ。

なお、これまで当人や備前屋に対しては「美也様」と敬称をつけていたのだが、美也本人から「ご同輩のところへ嫁ぐのですから」と、やめてくれるよう要請があった。そこで、来合と話をするときに使っていた「さん」づけをそのまま用いることにしたのだ。

備前屋から用事を言いつかった女中に従い、裄沢は備前屋の前から退出した。

非番明けの裄沢が朝に奉行所へ出仕すると、同心詰所に踏み入ったとたんに何か騒然とした気配が感じられた。

内与力の深元がこんなところまで足を向けており、詰所の奥のほうで二人の廻り方と難しげな顔で何やら話し込んでいる。深元の背に隠れて見えづらいが、廻り方のうちの一人はどうやら佐久間のようであった。

「おう、お早う」

裄沢の姿を見つけた室町が、奥の集まりに遠慮していつもより小さな声で挨拶の言葉を掛けてきた。

「お早うございます——何かあったのですか？」

裄沢が深元らのいるほうを気にしながら問い掛けると、室町は立ち上がって袖を引いてきた。大人しく従い、詰所の外へ出る。

室町は周囲の人影を気にしながら、小声で事情を教えてくれた。

「三日前にお前さんから相談を受けて佐久間さんに伝えた件だけどな、どうやらそいつで佐久間さんが失敗(しくじ)ったようだ」

「その日に周囲から様子を探って、必要そうなら翌日に当の一座に当たってみるってことでしたよね」

「それがな、初日にゃああの辺りを縄張りにしてる御用聞きに声ぇ掛けただけだったらしい。で、翌日に結果を聞いたけど手応えがねえんで、『どうせ間違(ガセ)いだったんだろう』って軽い気持ちで、昨日当人たちから話を聞くつもりだったそうだ。

で、昨日行ってみたところが、見世物小屋(こや)だけ残ってて中は蛻(もぬけ)の殻(から)。佐久間さんが現地に着いたときゃあ、周囲の商売人連中や見物客で騒ぎんなってたそうだ」

「それは……」

「まあ、慎重に進めたところで勘づかれて逃げられてたかもしれねえが、無造作に手ぇ突っ込んでまんまと逃げられたんじゃあ、失態と言われても仕方がねえよな」

御用聞きの多くは元犯罪者か、現在も裏のほうへ片足突っ込んだままでいるような連中だから、使うにあたってはそれなりに気配りが必要になる。軽い気持ちで漏らしたひと言が、金を握らされていた御用聞き経由で、探っている相手へそのまま伝わってしまうということだって十分あり得るのだ。

目の前の御用聞きがこれから行う探索の役に立つか害になるかは慎重に見極めなければならないし、使えると思っても十分に釘を刺して口止めしておく必要はあった。

佐久間がそれを怠(おこた)ったかどうかは不明だが、少なくとも流れ者相手の探索に三日も使ったのはときを掛け過ぎだろう。それだけ、佐久間が室町経由で伝えられた裄沢の考えを軽視して、まともに受け取らなかったということになる。

「……では、あの一座は本当に盗人の一味だったと」

「もしそうじゃなくっても、おんなしぐれえ後ろ暗いところのある連中だったってことだろ」

「手配は掛けたのですよね」

「昨日、すぐにな。でも、今のところさっぱり当たりはねえ――おそらかぁバラバラんなって、大道芸人やただの旅の者ってことで散らばったんじゃねえか。そうなると、一人か二人でも引っ掛かりゃあ御の字ってとこかもな」

「実際、一座には何人いたのですか」

「二十人ちょっとだそうだ。そっから消えたのが、軽業師三人と力持ち二人、あとあれから、お前さんがいるんじゃねえかと推量してた獣使いも一座に属してたけど、こいつもいなくなってる。やっぱり、猿回しだったそうだ。ここまで述べた連中は、小屋の看板どおりみんな女だ。

他に消えたのは座頭で座付きの狂言作者も勤めてた男と、裏方が三人ほどでこいつらは全部男。先乗りとか、これから盗みに入る商家の下調べで一座から離れてる仲間もいそうだってことからすりゃあ、やっぱり総勢で十五人前後、ってとこだろうな」

「一座の残りの者は」

「そういう連中泊めてる安宿から朝起きて行ってみたら、中はガランとして誰もいやしねえ。何も知らねえうちに自分らだけ見世物小屋に取り残されてたんだとよ。大番屋へ呼んで調べはしてるが、まずは何も知らされねえで興行のことだけやってたような有象無象だろうな。聞き取りしたってろくなことは出てこねえような野郎ばっかりだから残されたんだろうしな」

寺社の境内や広小路に組まれる見世物小屋は全て仮設の建物であり、原則として宿泊は認められていない。ただ、泥棒避けや火の番を置くことは許可されているのに便乗して一座の者がそのまま泊まり込むのを、取り締まる側が目こぼししている状況はあった。

軽業興行を隠れ蓑にしたこの一味は、裏稼業に関わる者だけが小屋で暮らし、表の雑事だけをやらせていた者は宿で寝泊まりさせていたのだろう。

「一番網に引っ掛かりやすそうなのは、獣使いですか」

己の身一つではなく、猿を伴っている分ずいぶんと目立つであろうからだ。

「どうだかねえ。一昨日の夜に見世物小屋を抜けたなら、昨日手配が掛かる前に四宿（江戸から五街道それぞれを通るため最初に通過する四つの宿場町。千住、板橋、品川、新宿）のどこからでも抜け出せてる。そのまんま山にでも入られちまえば、追いようがねえわな」

「逃げ切られる、ということですか」

「向こうがよっぽどのドジでも踏まねえ限りはな」

『入鉄砲に出女』で江戸から離れようとする女性は厳重に取り調べられるというのは確かだが、これは箱根などの関所においてのことである。山には間道があるし、方々を流れ歩いている上に裏で悪事に手を染めている連中ともなれば、こうした裏道にも通じていると思ったほうがよい。

室町の判断には頷かざるを得なかった。

「せっかくお前さんがいい報せ振ってくれたってえのになぁ」

室町は諦めきれない様子である。

「捕まえられなかったのは確かに残念ですが、これで連中の素性もいちおうは明らかになったわけですし、今後一味はずいぶんとやりにくくなるでしょう」

「素性がバレたっつっても名乗りなんざいくらでも変えられるし、これで江戸から逃げおおせちまやぁ、それまでだろ」

「少なくとも同じような一座を組んで本性を誤魔化すことは難しくなりましょう」

「まあそれが、数少ねえ手柄っちゃ手柄だろうけど」

「ところで、多くて八百両ほどだと思いますが、こたび深川の材木問屋から奪った金をそのまま持って逃げたと思いますか？」

「……どっかに隠してるかもってか。確かに、十五人で分けたとしても一人五十両ちょっととなると、旅に持って歩くにはちょいと大金だな」

「見世物小屋から逃げ出すときに持ち出した金も、それまで興行を打ってそここ客の入りがあったならばだいぶ貯まっていたでしょうし」

「すると、そいつを見つけ出すのが手の一つか」

「連中がすぐ取りに戻ってくるかは判りませんが、隠した場所が見つかれば、奪われた但馬屋に全額ではなくとも返してやれることになります」

「お前さんにとっちゃあ、賊を召し捕ることよりそっちのほうが大事みてえだな」

「賊を放置して次にまた泣きを見る者が出たなら本末転倒(ほんまつてんとう)でしょうけれど。しかしその賊を捕まえきれなさそうなら、次善の手立てがあるべきでは」

「そいつは確かにそうだけど……お前さんが、あんまり手柄に未練がなさそうだからよ」

室町は、盗賊に逃げられた不始末よりも、裄沢が手柄を挙げるのへ無頓着(むとんちゃく)なことのほうにより強く不満があるようだった。

六

さらにその翌日。前回顔を合わせてからだと五日後になるが、裄沢は三吉に会うためまた芝・二葉町の一杯飲み屋へ足を向けた。手間を掛けさせた三吉に感謝を伝えるためである。

一座についての報せは役に立ったが、それを生かし切れなかったことも正直に話した。三吉は、特に残念がる様子もなくただ淡々と受け止めていた。

謝礼については、改めて固辞された。町方同心の薄給では満足させられるほどの額を提供できるわけもなく、断られれば退き下がるよりない。

そうしてしばらく坏（さかずき）を傾け合い、追加の一本も頼むことなく見世の前で別れた。謝礼の代わりになるわけではないが、勘定だけは裄沢が持たせてもらっている。

だから八丁堀の組屋敷のほうまで戻ってきたのは、陽はすっかり暮れているもののまだそう遅くない刻限だった。

「もうし」

提灯の頼りない明かりで足下を照らしながら歩いていると、道の先から声が掛かった。手の灯りを前方に翳したが、人影は確認できない。

「お役人様」

再び声が聞こえた。まさかに、怖れて逃げるわけにもいかない。裄沢は、声のするほうへと足を進めた。

「ここにございますよ」

裄沢の組屋敷は、八丁堀でも東の端のほうにある。その己の組屋敷を越えてさらに進めば、ほどなく大川の分流である霊岸橋川に突き当たる。

声は、その霊岸橋川手前の亀島町川岸通りから聞こえてくるようだった。

「誰か」

通りに近づいても人影が見えぬことから、裄沢は声を上げる。さすがに警戒心が湧き上がっていた。

すると、川端の荷上場から、男が一人姿を現した。

無論のこと、陽が落ちたこのような刻限に、灯りも点けず作業をする者などいるはずもない。

闇の中で人相もはっきりとは判らないが、瘦せぎすで、背筋はしゃんと伸びているものの若くはないような印象を受けた。

「何者か」

「北町奉行所の裄沢様でございましょうか」

男は、裄沢の問いに質問で返してきた。

「だとすれば、何用だ」

「いえ、ただお顔を拝見致したいと存じまして」

「相手に名を問いながら己は名乗らぬか」

「手前は、名乗るほどの者ではございませぬゆえ」

「そうした態度は、謙遜ではなく無礼と申すのだが」

「それは申し訳ありませぬな。なに、近ごろ廻り方にお成りになったばかりであるにもかかわらず、手前どもの仕事の邪魔をなさるほどの英傑はどのようなお方かと少々気になりまして、かように罷り越した次第にござりまする」

わずかに頭を下げた男を見ながら、裄沢は言った。

「まるで芝居のような大仰なもの言いよな。さすがは一座をまとめる座頭といったところか」

「手前の素性に気づかれましたか。なるほど、北町奉行所（きたのごばんしょ）は怖いところにございますな。一人欠けても後を埋めるのにさらに優秀なお方が現れる」

「お世辞だか買い被りだか知らぬが、そなたは今、慌てて逃げ出す途中なのではないのか。こんな町方役人の巣窟（そうくつ）のようなところへ、よくノコノコと現れたものよな」

「よろしくはないのでしょうが、どうにも気をそそられると見ねば済まぬという性分にございましてな。いや、我ながら危ういまねをしておるとは判っておるつもりなのですが」

「して、我が面（つら）を眺めて満足したか」

それまで流れるようなやり取りをしていた相手が、一拍空けた。

「お目に掛かるまではそのつもりでございましたが」

「気が変わったと？」

「はい、少々試させていただきたくなりました」

「……町方を害するか」

周囲にこの男以外の気配はないように思えるが、そうした自分の感覚が決して万全なものではないと裄沢は自覚している。

——逃がしては、くれまいな。

たとえ大声を上げようとも、それは変わるまい。いや、妙な動きをすれば、その分だけ自分の命を早く縮めることになりかねない。

裄沢の問いにも、男が気持ちを昂ぶらせることはなかった。

「なに、お盗め(つと)の際にはこれまで一人も傷つけることなくやってきたのを誇りにしておりますゆえ、いくら裄沢様相手とは申せ、殺しに手を染めるつもりはございませぬ。ただ、今後もあなた様がおられては、どうやら手前どもの仕事がやりにくくなりそうにございますからな——御番所のお勤めから退いていただくほどには、なっていただこうかと」

「町方に手を出せば、そなたらへの追及はさらに厳しくなるが」

「やむを得ませぬな。手前も、このようなことはしたくないのでございますが、裄沢様をそのままにしておくことで生じかねない損と天秤(てんびん)に掛ければ自(おの)ずと答えは出て参りますので」

スッと、一歩踏み出してきた。

まだ距離は十分あるのに、裄沢は身動きが取れずにいる。

さらに相手が前に出ようとしたとき、背後から声がした。

「そこにいるのは広二郎か」

目の前の男の足が止まる。

――轟次郎！

聞き憶えのある呼び掛けに、裄沢は却って恐慌を来した。腕は自分よりずっと上とはいえ、背中から声を掛けてきた男はまだ怪我の癒えぬ身。しかも、祝言を控えてこれからようやく幸せを掴もうというところなのだ。

――どう逃がす。

逃げろとか下がれとか言えば、状況を把握せんとてむしろこちらへ近づいてくるに違いない。そしていざとなれば、後先考えることなく自分の身を捨ててでもこちらを守ろうとしてくるはずだ。

それでも何とかしようと口を開き掛けたとき、目の前に立つ男の気配がどこか変わったのに気づいた。

「邪魔が入ったようにございますな」

裄沢には応える言葉がない。背後からは、気配を探ろうとしてか慎重に近づいてくる跫音が聞こえてきた。

「本日はここまでのようにございます。また、お会いすることもございましょう。続きは、そのときの楽しみと致しましょうか」

「別な出会い方となることを期待している」

ようやく、そう返せた。

「そうなればよろしゅうございますな――では」

男は、こちらを向いたまま闇の中に沈んだ。

微かに道の先の霊岸橋川から、猪牙舟の船首が小波を切り分ける音が聞こえてきたような気がした。

「広二郎、こんなところで何やってる」

近づいてきた大男に呼び掛けられた。予期していたとおり、いまだ療養中のはずの来合だった。

「轟次郎、おまえこそこんな夜分に何で出歩いてるんだ」

裄沢の厳しい口調は、先ほどまでの緊張の残滓だ。しかし来合には、「怪我人が何してる」と責められたように聞こえたのだろう。

「いや、横になっているだけだと体が鈍っちまうからな。刀はまだ振るえねえけど、その分歩くぐれえはしとかねえとな」

「医者の許しは得てんだろうな」

桁沢の追及に一瞬言葉を詰まらせる。答えを聞かなくとも、こんな暗くなってから出てきたことで真相は明らかだ。

「ああ」とも「うむ」とも取りづらい返答を口の中で籠もらせてから、誤魔化すようにこちらへ問うてきた。

「それより、誰か居たみてえだったが」

今度は、桁沢が誤魔化す番である。つい先ほどまで命の瀬戸際にあったなどと述べたら、この男は自分の容体など関係なしに猪牙舟を追って走り出しそうだ。

「ああ、今追ってる一件でちょっとな」

「今追ってる?」

ここ数日、今の盗賊の一件や来合と美也の祝言の準備などでバタバタしており、来合の見舞いはご無沙汰していた。だから、材木商での盗みから始まった一連の経緯についてはほとんど何も話していない。

こういうことに関してだけは勘の鋭い来合でも、何とはなしに「どこか怪しい」と思うくらいがせいぜいだろう。

「ああ。その件で、急ぎ室町さんに相談しなきゃならないことができた。悪いが、そっちへ行かせてもらうぜ」

「これからか？」

「ああ、急な報せだったんでな」

「そうか、気をつけろよ」

「お前も、さっさと組屋敷に戻って大人しく寝てろ。判ったな」

言い置いて、その場を後にした。

七

自分の組屋敷に夜分突然現れた裄沢を見て、室町は顔に緊張を走らせた。それでも、座敷へ案内して家人を退けるまでは用件を問おうとはしなかった。

室町の内儀も町方役人の妻らしく、余計な挨拶などでときを費やすことなく、茶を供するとすぐに退出していった。

「で、何があったい？」

襖が閉まると即座に、室町が問うてきた。

裄沢は、二葉町から八丁堀へ戻ってきた後のことを包み隠さず室町に話した。

「そんなことが……」

逃げたはずの盗人が己の正体を暴いた相手を見に来たばかりでなく、お役を辞さねばならなくなるほどの怪我を負わせようとしてきたというのは、前代未聞の話であった。

「今さら手配を掛けても――」

「捕まらねえだろうな」

霊岸橋川を上ったのか下ったのかも判らない。大川の中洲である霊岸島を抜ければ、いずれでも大川へ容易に出られるし、途中で陸へ上がって町家の道筋を歩くこともできる。

町木戸は五ツ（午後八時ごろ）になると閉じられ四ツ（午後十時ごろ）になれば錠も掛けると決められてはいるが、今どきそんな決まりを真面目に守っているところなどほとんどない。

急ぎお達しを発すれば従いはするだろうが、通達が行き渡る前に当の相手はさっさと抜けてしまうだろう。そうでなくてもあれだけの技量を持つ盗人の頭目、木戸など閉じていようがいまいが、好き勝手に通り抜けるはずだ。

「上手いこと来合が来合わせて、手ぇ出さずに去ってったか」

「俺はともかく来合には敵わぬと見たのかもしれませんが、それよりも町方を二人までも手に掛けるのは避けたのだろうと思えます」

万全な来合ならまだしも、手負いの状態であの男とやり合っていたらと思うと今さらながら震えが来る。

室町は、別なところに関心を持ったようだった。

「そいつは、相手の力量からの判断かい？」

「いえ。俺に武力（そんなこと）を測る能力（ちから）はありません──来合が来るまでのやり取りから、おそらくそうであろうと思っただけです」

室町は「ふーん」といちおう納得したような声を上げた後、次の問いを発してきた。

「で、お前さんどうする？　明朝の廻り方の集まりで、皆に言うかい？」

「いえ、そのつもりはありません」

「……お前さん、こんな大事なことを黙ってると？」

「佐久間さんが女軽業の一座の話を軽視したのは、俺が成って間もない廻り方だったからだと思います」

「そいつは──」

「探索に関し何の経験もないわけですから、まともに取り合ってもらえないのは仕方のないことかもしれません」

普段、卑下するもの言いも厭わない裄沢が断言しなかったのは、室町が仲立ちしての伝達でも佐久間が軽んずるような行動を取ったからである。もし裄沢が直接伝えていたなら、佐久間は内心鼻で嗤って全く動かなかったかもしれない。

それが判るから、室町は否定を口にしなかった。

「そして実際件の一座が姿を消して怪しいとなった今、このような話が持ち出されたら佐久間さんはどう思うでしょうか。

一味の頭目と思われる男が、そこを持ち場とする佐久間さんを気にも掛けずに隠れ蓑の商売を堂々とやっていながら、俺には即座に対処を考え刃を向けようとしてきた——こんな話をしたら、それが真実かどうかの前に、佐久間さんは自分が侮られたとして怒りを覚えるのではないでしょうか」

その怒りが正しく盗賊の一味に向けばよいが、悪くすると「あることないことデッチ上げて自分を貶めようとしている」と、裄沢を逆恨みするかもしれない。

そんなことはないと言いたいところだが、佐久間の気性を考えるとあり得ないとは言い切れなかった。

ましてや、己の軽率な探索で盗人一味を取り逃してしまったと周囲から見られている、との焦りがある今だと、このような話をぶつけるのに微妙な心情であろうことは確かだ。

「幸い、今のところあの頭目が害せんという意志を向けてきたのは俺だけですから、皆の前で披露しなくとも誰かが危うい目に遭うようなことはないはずです」

だから、皆の前では何も言うつもりはないとの宣言だった。

じっと聞いていた室町は、己の考えを述べる。

「だからって、全く黙ったままでいい話じゃねえだろ——廻り方の集まりでお前さんが話さねえってのは判ったけど、おいらは様子見ながら、大丈夫だと思った相手にゃあ蔭でこそっと耳打ちすんぜ」

佐久間だけを仲間はずれにして他の廻り方全員に広めるなどということはすまいから、打ち明けるのはおそらく二、三人程度だろうと思われた。人柄から考えても、吟味方与力の暴走で「捕り損ない」を疑われかけた定町廻りの西田や臨時廻りの柊はたぶんその中に含まれそうだ。

「それから、こんな話をお奉行へ上げねえわけにゃあいかねえ——明日の朝の集まりが終わって、お前さんをはじめ定町廻りの皆が散ってったら、内与力の深元さんあたりにゃあ告げることになるからよ。

もしかするとお勤めを終えて御番所に戻ってから、呼び出されるかもしれねえけど、そいつは覚悟してくんねえ」

自分らが市中巡回へ向かってから報告するというのは、なるたけ目立たぬようにしてくれるという心遣いだろう。

裄沢は、室町へ黙って頭を下げた。

頭の中には、あの宵闇(よいやみ)で対峙(たいじ)した男の姿が浮かんでいる。

――すぐには逃げ出さなかったとはいえ、いったん町方役人の前に姿を現したからには、さすがに今ごろは逃走の途中だろう。

また会うこともあろうとあの男は言っていたが、それは二年後か、三年後か。ほんのわずかしか勤めるつもりのなかった廻り方の仕事で、どうにも嬉(うれ)しくない妙な関わり合いができたと、裄沢は心の内で密かに溜息をついた。

第四話　蟬時雨

一

陽が落ちても温気が去らぬ夏の宵。

八丁堀から四半里（約一キロメートル）ほど南へ下ったところにある築地の地、その内海（江戸湾）にもほど近い南小田原町の料理茶屋には、四人の侍の姿があった。

いずれも堅苦しい顔をしていることからすると、親睦や風流の集まりではなさそうだ。

姿は皆、普段着の着流しだが、八丁堀風と呼ばれる髷までは変えていないために素性は容易に覗い知れる。わざわざ町奉行所からも自分らの組屋敷からもはずれた場所での着替えてからの集まりが、却って周囲に知られたくない密談ではないかと思わせる気配を醸(かも)し出していた。

「皆集まったか」

この場の年長者というわけでもないのに他の者が皆気を配っているところからすると、おそらくは一番身分が高いであろう男が口を開いた。北町奉行所町火消(まちびけし)人足改(にんそくあらため)与力・寺本槐太(てらもとかいた)である。

町火消人足改は、その役名のとおりいろは四十八組と本所・深川の十六組、合わせて六十四組の町火消しを統括するのがお役目だ。

町火消人足改与力の定員は二〜四人と時代により変遷があったようだが、火事の多い冬場には一人増設された。役職の重要性に対し普段の仕事はさほど多くないため、他のお役と兼任する場合がほとんどであった。ちなみに寺本だけは町火消人足改の専任であるが、かといってお役の頭というわけではない。

「は。全員揃いましてございまする」

阿(おもね)るように恭(うやうや)しく頭を下げたのは、これも北町奉行所の町会所掛(まちかいしょかかり)同心・大竹(おおたけ)だった。町会所掛は町人地の自治組織である町会所の指導や通達を行うのが仕事となる。

なお、この場にいる他の二人も北町奉行所の同心だ。

「新たな仲間も増えて、頼もしいことにございますな」

そうお追従を口にしたのは、吟味方同心の見延である。その視線の先には、与力と席を同じくしていながら一人だけ足を崩している男がいた。

定町廻り同心の佐久間弁蔵。佐久間だけは無言のまま、ぐるりと同席する者らを眺め渡した。

「まあとりあえずは」ということで、酒杯が満たされる。大竹はさっそく与力の寺本に酌をしようと酒器を手に体を傾けた。

見延も佐久間へ同じことをしようとしたところ、佐久間はすでに手酌で勝手に飲っていた。

それを見てか、寺本も「以後は各々勝手に」と口にする。他人の耳を嫌ったのか、この場には膳を運び込んだ後は仲居の姿一つない。

「しかし、こたびのお役替えには驚きましたな」

「まさか、あのやさぐれが怪我をした定町廻りの後釜に座るとは」

大竹が口火を切ったのへ、見延が続ける。

大竹は昨冬宿直番になったときに、相役の裄沢から大いに恥をかかされたという恨みを持っていた。見習い同心に薫陶を垂れながら酒を飲み過ぎた際、騒ぎが起こって己の醜態がお奉行側近にまでバレたのを他人のせいにしているのだ。

一方見延のほうは、自身がゴマをすって出世の拠り所としていた上役の瀬尾が裄沢と関わって失脚したため、寄る辺を失った逆恨みを裄沢へ向けていた。

「お役替えでも、後釜に座ったのでもねえ。怪我をした者が復帰するまでの臨時の配置だ」

酒を呷った佐久間が、不機嫌そうに訂正した。

「しかし、隠密廻りの応援の後、元のお役に戻ることなく立て続けにですぞ。これで果たして、来合が怪我から戻ったときにすんなり交代となるかどうか」

見延が示した懸念に、佐久間はむっつりと黙り込んだ。

「その隠密廻りの応援とやらの臨時増員についても、大した理由があったとは思えませんでしたからな」

大竹の付け足した言葉を不快げに聞きながら、佐久間は乱暴に酒を注いで再び呷った。言外の、「廻り方を正式に勤めさせられるかの『試し』だったのではないか」という含みを鋭敏に感じ取ったのだ。

「まあいずれにせよ、あの目障りな男をどうにかしたいという我らの考えに賛同して、ここへ来てくれたわけだ」

寺本の満足そうな言葉へ、佐久間はぶっきらぼうに「ああ」とのみ答えた。

佐久間にとって裄沢広二郎という男は、もともとどうでもよい存在だった。

無闇に上役や年長者に楯突き、要らぬ波風を立てる——どうにも不器用で世慣れない可哀想なヤツだと、いささかの憐れみを含む侮蔑の思いで見ていただけだ。

佐久間が気にくわなかったのは、むしろ裄沢と同い齢だという来合轟次郎のほうだった。

来合が三十そこそこで廻り方に抜擢されたというだけならまだ赦せる。しかしながら、受け持ちとして任せられたのが川向こうの本所・深川というのはどういうことか。佐久間は、お奉行や人事を司る年番方の正気を疑った。

来合などより遥か以前から定町廻りを勤めている佐久間の受け持ちは、就任以来ずっと変わることなく城南方面だった。そのときどき、あるいは任せられる人によって受け持ちの範囲は多少変化するが、佐久間の受け持ちの中でそこそこ栄えている場所と言えるのは赤坂ぐらいのものである。

対して来合が受け持つ土地には、両国橋東広小路、深川七場所などの岡場所区域と、赤坂よりもずっと繁華な場所だけで少なくとも二カ所ある。赤坂程度なら、ほかにもいくつか指を折ることができよう。

――長年廻り方をやってる俺が、だだっ広いってだけでポツリポツリと点在するしょぼくれた町家しかねえようなとこを経巡らされてるってえのに、なんで定町廻りに取り立てられて間もねえ野郎が、あんな賑わった土地を預けられるんだ!?

それでも、どうにか我慢して己の仕事をこなしていたところ、当の来合が怪我をしてしばらくお役を休まざるを得ないという報せが飛び込んできた。

――長い休みとなりゃあ臨時廻りに代わりを勤めさせるだけじゃ間に合うめえ。なら、今度こそ俺に!

そう期待していたのに、どういう依怙贔屓があったのか、後任にはつい最近まで廻り方とは何ら関わりのないお役しか勤めたことのない裄沢が充てられることになった。

一番初めに与力の寺本から誘いの声が掛かったのは、このときである。佐久間自身は不遇を託っているとの不満はあってもあまり自覚はなかったが、周囲からは、廻り方の中で佐久間だけが独り冷遇されていると見られていたのであろう。

それでも、佐久間はすぐには寺本の話に乗らなかった。吟味方与力の瀬尾が、己の出世欲から定町廻りや臨時廻りが捕り損ないをしたような体裁を作ったのを、見事に看破(かんぱ)して廻り方の名誉を回復せしめたのが裄沢だったからだ。直接この恩恵を蒙(こうむ)った西田や柊ほどではなくとも、同役としてやはりいくばくかの恩義は感じていたのである。来合ともども目障りではあるが、すぐに排除に動くのに適切な時期だと思えずにいたというのも理由の一つだ。

だが、そうした躊躇(ちゅうちょ)も長くは続かなかった。

まずは、深川・入船町で町方を脅したとしてお縄に掛けられた男のことがある。亥太郎と名乗っていた無頼は、佐久間が受け持つ赤坂で悪事を重ねたあげくに姿を眩(くら)ませていた猪吉だった。

佐久間が全く行方(ゆくえ)を摑めずにいたお尋ね者を、成ったばかりの廻り方である裄沢に召し捕られてしまったのだ。

そればかりではない。深川の材木商へ盗みに入った賊の一味と思われる集団について、臨時廻りの室町を経由して一報が入った。

一味が見世物の一座を組んでいて、しかもそれが女軽業だという話を聞いて、室町の手前顔には出さなかったものの、佐久間は内心鼻で嗤っていた。あるいはそこには、成ったばかりの廻り方がそうそう立て続けに手柄を挙げられるものかという思い込み——もしくは願望が、混じっていたかもしれない。

佐久間は室町経由で与えられた報せを蔑ろにした。結果は——やる気もなく形ばかり手を付けた探索を先方に勘づかれ、煙のように消え失せられてしまった。裄沢の思いつきは、偶々ではあろうがまさに的を射ていたのである。

これは、誰が見ても佐久間の失策だ。もっと探索に腰を据えていてもあるいは逃げられていたかもしれないが、それは言い訳にはならない。こたびの一味よりも迂闊な盗人であっても、佐久間が行ったような手緩い探りの入れ方では、やはり逃げられても仕方がなかったろうとしか判断されないからだ。

もっと盛り場のある、言い換えれば旨味のある地域の受け持ちを、と望んでいた佐久間だったが、この失態で廻り方を続けさせてもらえるかどうかすら怪しくなってしまった。そこに、再び与力の寺本から誘いの声が掛かったのだ。

考えてみれば、自分の「失敗り」とされるこのごろの不首尾にはいずれも裄沢が絡んでいた。そんな癇に障る男は目の前から消えてほしいというのが一つ。

もう一つは、佐久間が廻り方からはずされるとなると、その後釜として有力な存在が、廻り方に就いたばかりで立て続けに手柄を挙げているように見える裄沢だったからだ。裄沢に汚点が付けば、自分が生き残れる目がそれだけ大きくなると言えるのだ。

佐久間が寺本の話に乗る気になったのは、ある意味当然だった。

佐久間から不躾なほど真っ直ぐ視線を向けられても、寺本は機嫌がよさそうだ。それほど、己の企てに乗る仲間が増えたことが嬉しいのだろう。

寺本槐太は、十年ほど前に高積見廻り与力でお役を退いた寺本圭太の嫡男であった。

町方の与力同心は「抱え席」と言って形式上は一代限りの奉公とされるが、実際には父の致仕（退職）する前に跡継ぎへ新規採用の形でお役を継承させる枠組が出来上がっていた。世代を超えて町方役人として継承されていくべき知識と文化があるため、全くの新参者を雇い入れるよりも効率がよく、また子に引き継がれるとの安心感から忠義も期待できるという利点があるのだ。

このため、親が現職として在籍しているうちに子が員数外の無足（無給）見習いとして研鑽を積むか、あるいは子が即座に俸禄を得る見習いとして入る場合でも「隠居」した親にしばらく奉行所内への自由な立ち入りを許すかのいずれかで、継承が滞りなく行われるように配慮されている。

しかし寺本が北町奉行所へ初出仕したときに、父親の圭太はいっさい奉行所へ足を向けようとはしなかった。訊いても満足な答えは返ってこなかったが、奉行所から立ち入りを拒（こば）まれているのであろうことは容易に察しがついた。

それがどのような理由でかということを知ったのは何年か経った後で、最初のうちは何も判らず、手助けしてくれる者もほとんどいない中で右往左往するばかりだった。

――なんで俺がこんな目に。

父親にも奉行所にも腹が立った。それでも、親が役に立たぬのならば自力でなんとかせねばならぬというほどの気概はある。

そうして四苦八苦している中、どうにも気に掛かることがあった。「あいつにだけは気をつけろ」と父親から言われていた、当時は高積見廻り同心だった男だ。

辞めたときの父親の配下にあたるはずだが、与力がなぜ同心に怯えとも受け取れるような警戒を見せるのか、子の寺本にはさっぱり理由が判らなかった。

父親に言われたとおり、しばらくはその相手――裄沢広二郎という男の存在を常に意識していたが、裄沢は寺本に接触してくるどころか、お役も違うため御番所内で見掛けることすらほとんどない。

――じゃあ、なんで？　親父がどうして警戒したのか判らないが、ここまで接触がないのは、もしかすると裏で何かされているのでは……。

とするなら、寺本にやれることは一つしかない。

――たとえ自分が旗本にほど近い身分の与力で、相手は同じ御家人でもほぼ最下級の同心でしかなくても、こちらから頭を下げる姿勢を見せれば状況は変わるのではないか。

そう考え、「親父の尻拭いを何で俺が」という鬱憤を堪えつつ、不器用な愛想笑いを浮かべて裄沢に近づいていったことがある。

しかし、そのときの相手の対応は取り付く島もないほど冷たいものであった。寺本は、こちらの呼び掛けに淡々と応ずるだけで、話が終わったとなるやさっさと退出していく裄沢の背を言葉もなく見送るよりなかったのだ。

それでも以後はいくらかでも自分への風当たりが穏やかになるか、という期待はすぐに消え去った。

――親父への憎悪を関わりのない息子にまでぶつけ続けねえと気が済まないの

か！

そう怒りを募らせても、寺本は裄沢に何もできない。裄沢が寺本に直接手出ししてきてはおらず、陰で何かしているという証も孤立している自分には手に入れられないからだ。騒げば、ますますこちらが追い詰められるだけだ。

実際のところ裄沢は、因縁のあった寺本圭太の息子とは関わりを持つつもりがなかっただけで、直接間接を問わず何も手出しなどしていないのだが、現実につらい目に遭っている寺本からすれば、誰かに原因を求めねばやっていけないという気持ちがあったのだろう。

寺本が、自身窮地から脱したと感じられるようになるまで五年以上の月日を要した。その分だけ、裄沢への一方的な恨みつらみが積み重なっていったのだ。

――この屈辱、いつかこの手で晴らさずにはおくものか。

その執念で、ずっと機会を窺っていた。

いくつか、味方を得られそうな諍いじみた軽い騒ぎはあったのだが、起き方が間遠であり、その間に古いほうは忘れ去られる程度で終わっていた。

そうして機会を何度か見逃しているうちに、寺本は同志の集め方がいささか間違っていたのではないかということに気づいた。強くやり込められた者に声を掛けるよりも、恨みを強く持ちそれをずっと引きずる者をこそ誘うべきなのだと。

　そうしてまず見出(みいだ)したのが大竹であり、次が見延だった。佐久間にはいったん逃げられたので人選を誤ったかと思ったが、自分にとって好都合なことにこの男と裄沢との因縁がさらに深まる事態が生じた。

　寺本は佐久間を仲間に引き入れたことで、口先ばかりで当てにならない大竹や見延とは違って、実践的(じっせんてき)な動きが期待できる手駒も手に入れたのだった。

　――そして、さらにもう一人……。

　寺本は、恨みのある相手について役にも立たない悪口を並べるばかりの大竹と見延の間に割って入った。

「まあまあ、確かに今のところつけ入る隙はないかもしれぬが、それはこちらで作り出せばよいこと」

「そのようなこと、できるのですか」

　大竹と見延が身を乗り出す。

「佐久間が仲間になってくれたからには、そういう機会を見逃さずに済むことも増えようしな」

　おお、と期待の目を向ける大竹と見延は無視し、佐久間は寺本へ話を振ってきた。

「確かにそうした『芽』ぐれえは見つけてこれるかもしれねえけど、あんた方にそいつを育てて花まで咲かすことができんのかい」

与力に対する無遠慮なもの言いに大竹と見延は鼻白(はなじろ)んだが、寺本はいささかも動ずる様子を見せずに答えた。

「ああ、そなたら以外にも強い味方が得られたからな」

「強い味方?」

佐久間が訝(いぶか)しげな顔をしたとき、襖の向こうから見世の者の「お連れ様がお着きになりました」という声が掛かった。

「来たようだな——お通ししてくれ」

寺本の呼び掛けに、人の歩く気配が近づき襖が開いていく。

「待たせたな」

そう声を上げた人物を見て、寺本以外の三人が驚きに目を見開いた。

「あなたは……」

二

その日勤めを終えた裄沢は、日本橋北の小舟町に向かっていた。美也の仮寓先であり、その美也を娘とも思っている備前屋に呼ばれたからである。

小舟町は八丁堀とは日本橋川を挟んだ北側。北町奉行所からの帰りだと、楓川に突き当たるところで東へ向かう海賊橋を渡らずに北に、日本橋川を江戸橋で越え、さらに東の荒布橋を渡った先になる。

本所の北端に位置する中ノ郷瓦町で見世を構える備前屋がわざわざこんなところまで足を運んだのは、このごろの相談事である美也と来合の祝言に関し、何か美也の耳には入れたくない話があるからかと思われた。

裄沢は、目指す見世の前で足を止める。料理茶屋の『蓬萊屋』というのが、指定された見世だった。

暖簾を潜り「御免」と顔を出した裄沢に、すぐに奉公人が応対した。

「これは、お役人様」

「備前屋どのはもうお着きか」

「はい、裄沢様にございますな。ただ今ご案内致しますので」

奉公人の後について向かった先の座敷には、備前屋の主嘉平の他にも商家の主らしき男がもう一人座していた。

「これは裄沢様。お勤め終わりでお疲れのところをお呼び立て致しまして、真に申し訳ございません」

備前屋が頭を下げた隣で、見慣れぬ商人のほうは敷物からはずれて両手をつき、深々と頭を下げていた。

どうやら来合たちの祝言のことではなさそうだと思いながら、裄沢は腰からはずした刀を手にしたまま、勧められた上座へ足を進めた。

裄沢が腰を下ろすのを待ち、備前屋は伴った商人を紹介してくる。

「こちらは、手前の家内の実家にあたります、深川は永代寺門前山本町で扇屋を営む『錦堂』の主、庄右衛門さんにございます」

永代寺門前山本町は、深川で最も高名な寺社である永代寺や富岡八幡のすぐ手前にある町だ。隣町になる門前仲町とともに羽織芸者や岡場所で名の知られるところだから、この近辺には扇や扇子を扱うような見世も数多くあった。

「確か、室町さんに連れていってもらいましたな」

錦堂の名を聞いたとたん、定町廻りに着任した際の挨拶回りで見世に上がった商家の一つだという記憶が甦った。

「憶えていていただいたとは、真に幸甚に存じます。錦堂の主、庄右衛門にございます。このたびはわざわざお運びいただき、真にありがとう存じます」

備前屋に紹介された錦堂の主は、一度上げかけた頭を再び深く下げた。

「改めて、北町奉行所で今はいっときだけ定町廻りを勤めている裄沢です。備前屋どのにはお世話になっておる」

「いえ、いろいろとお世話になっているのは手前のほうにございます」

裄沢と備前屋がやり取りをする隣で、黙って見ている錦堂へ裄沢は視線を向け直した。

「本日それがしが呼ばれたのは錦堂どのと関わりあることのようですが、以前見世に上げてもらったときも申したとおり、それがしは現在怪我をして休んでおる来合が戻ってくるまでの代理に過ぎません。

備前屋どの。もし難しい話や、長く掛かりそうなことならば、それがしではなく来合か、あるいは臨時廻りの室町さんにでも相談されたほうがよいのではないか――来合も話を聞けるほどには回復しておりますし、復帰ももう間もなくだと思われますので」

錦堂は、裄沢の言葉に誘われるように備前屋を見る。

備前屋は、裄沢に視線を向けたままその錦堂へ語り掛けた。

「庄右衛門さん。裄沢様については、以前申し上げたとおりのお方にございます。頼るのに、これほど頼もしいお方はいらっしゃいません」

錦堂の視線が、裄沢へ移る。裄沢も、発言した備前屋へ目をやったまま応じた。

「ずいぶんと買い被られているようにござるな――では、どれほど力になれるかは判りませぬが、よろしければともかくお話を伺いましょうか」

備前屋が錦堂を見たのは「話をしてよいか」という最終の確認をするためであり、錦堂が頭を下げたのは「お願いします」という返答であったろう。

口火を切ったのは、備前屋だった。

「錦堂さんには治吉(じきち)さんという一人息子がおられましてな。ご両親にも大切にされ何不自由なく育ったはずなのでございますが、このところ少しばかり羽目(はめ)のはずし方が度を過ごしておられまして」

「少しばかりとは申せません。このように、お役人様にもご相談申し上げねばならぬほどになりました」

ほんの少しばかり前に、似たような話を見聞きした憶えがあった。

「失礼ながら、少々周囲が甘やかしたと？」

錦堂は肩を落としたが、備前屋は裄沢の問いに首を振った。

「いえ、手前にはそのようには見えておりません。厳しくすべきところはきちんと厳しくなすっていたように思われますが」

「ですが、あのようになってしまったのは確かで……」

錦堂の悔いる言葉を受けて、備前屋は言い方を変える。

「ほんの半年ほど前までは、家族思いのいい息子さんだったのですよ。それがなぜか、ガラリと様子が変わってしまいまして」

「その、治吉どのが変わった理由は」

「付き合う仲間が悪かったのでしょうか……」

「手前の目には、付き合う仲間に引きずられてどんどんいけないほうへ向かっていったというより、自身でそういう連中のところへ足を向けるようになったように見えましたが」

「備前屋どのの見方のほうが正しいとすると、理由は別にありそうですが」

「そうおっしゃられましても……」

「心当たりはないと」

錦堂は小さく頷いた。

「では、その羽目のはずし方がどのようなものかお聞かせ願いましょう」

実の親としては言いづらいのか、どのように錦堂が口ごもっている隣から、備前屋が当人に代わって語り出した。

「最初のうちは、酒を飲んで夜遅くまで帰ってこないとか、芝居見物などに現を抜かすといった程度でございましたが、そのうちに女郎屋や博打場といった悪所通いも始めまして」

「そのときに、お叱りには」

これには、錦堂がはっきり答える。

「叱りましたし、強く意見も致しました」

「それで、ご子息の反応は」

「最初は俯いたまま黙って聞いているだけでしたが、数を重ねるうちに手前の話もまともに聞かないようになりまして」

「錦堂さんから相談を受けて、手前も当人と話をしてみようと、いろいろとやってはみたのですが」

補足した備前屋に、錦堂が続ける。

「これは好きに遊べるほどの金を渡しているのが悪いかと考えまして、お灸を据える意味も含めて小遣いを大きく減らしました。すると、あろうことか見世の金をくすねたり、ついには金も持たぬまま女郎屋や博打場で遊んで、そのツケを払えと先方の者がこちらの見世へ乗り込んできたりなどということも起きるようになったのでございます」

裄沢は、同情を見せることなく平静に意見を述べた。

「それは、反省を促すためご子息を蔵に閉じ込めるような事案ではありませんかな」

「確かにそうなのですが、このごろはもう見世にも寄りつきませず」

「付け馬（妓楼の借金取り）の類だけがやってくると」

錦堂が答えなかったのは、肯定の意味であろう。

俯いて黙り込んでしまった男に、「錦堂さん」と備前屋が呼び掛ける。それでも動こうとしない男へ、備前屋は「それだけではないでしょう」と先を催促する。

「それだけではないと言うと？」

備前屋が黙って錦堂を見ているだけというところからすると、他人が軽々しく口にはできないほどの話のようだ。

ようやく心を決めた錦堂が、顔を上げて告白した。

「先だっては、あろうことか素人娘にも手を出したという話が舞い込んできました」

「素人娘……それは、たとえば水茶屋に勤める小女などでもなく？」

「全くの堅気の商いをやっているところの娘さんです。小さな見世ですが手堅い商売をしていて、娘さん自身も浮ついたところのない、親思いの働き者だと聞いております」

「そのような娘御に手を出した……」

「ゆくゆくは錦堂の跡継ぎである自分の嫁にするなどと甘言を弄しておったそうで」

「実際、当人にそのつもりは？」

「情けないことに、やや子が出来たと言われてからパッタリと姿を見せなくなったとのことで」

「最初から騙すつもりであったと」

「それればかりではありません。実は、最初のときには口車に乗せて連れ出し、手籠めにするのと変わらぬような振る舞いをしたと」

「それは、娘御のほうから聞いた話ですか。当人も認めていると？」

「知り合いの鳶に、倅がときおり顔を出すという博打場へ足を運んでもらい話を聞かせたところ、いっさい否定することなくただせせら嗤っていたそうにございます」

桁沢は、小さく溜息をついた。

「それがしにこのような話をされるということは、お縄にせよというお考えでしょうか」

この問いに、錦堂が息を吞む。代わって、備前屋が答えた。

「その娘御や親御さんとは、内済（示談）で話がついております」

確かに奉行所が出張って治吉を引っ括ってもおかしくない案件ではあるが、当人同士ですでに話がついているとなれば話は別である。錦堂がどれほどの金を積んだとしても、それは町奉行所の関知するところではない。

実際のところ、当時すでに人口百万を超えていたと言われる江戸の町がごく少人数の警察力のみで治安が保たれていたのは、引き起こされる騒動のほとんどが、町奉行所などへ上げられる前に町人たち自身の手によって収められていたのが大きな理由だった。

「では、それがしに出番はないのでは」

裄沢様、と備前屋が呼び掛けてきた。

「錦堂さんも手前も、なぜ治吉さんが急にあれほど荒れるようになったのか、理由が思い当たりませず困惑しております」

「その理由をそれがしに探れと？」

「むつかしいことは十分判っておりますが、裄沢様ならもしやどうにかしてもらえるのではと、無理を承知でお呼び立て致しました」

備前屋が畳に手をついて裄沢を見上げる横では、錦堂が額を擦りつけるようにして平たくなっている。

実際に期待されているのは、ただ探って終わりではなく、治吉が考えを改めて更生するところまでであろう。筋の通らぬ相手に楯突き、こちらに歯向かってくるなら相応の反撃をするというのが裄沢の得意とするところであって、このような人情の機微に触れる扱いについては正直勝手が判らず戸惑うばかりである。

しかし、備前屋にはどうにも断れぬほどに世話になっているのもまた確かであった。裄沢は、心の内でもう一度溜息をついた。

「お話は承った。何ができるかはっきりと申し上げられませんが、ともかく考えてみます」

それ以上の言質は与えられなかった。

それでも備前屋は大役を果たしたと肩の力を抜き、錦堂は最後の頼みの綱とでもいうように縋る目で礼を述べてきた。

「ただ、先に一つ確認をさせていただきたい」

「何でございましょうか」

「錦堂どのには御番所とこれまでのお付き合いもあろうと存ずるが、こたびの一件、それがしが引き受けてよろしいのか」

大名屋敷や高禄旗本などでも見られることだが、参拝や遊山（行楽）の客が多い寺社や富裕な商家などは、万一何らかの騒動に巻き込まれた場合を想定して、普段から特定の町方役人と誼を通じておくのが普通であった。これを「出入り」の同心（もしくは与力）と言う。

数代前から繁盛している備前屋の女房の実家だとすれば、相応の商いをやっている見世だろうし、室町と挨拶に上がったときのことを思い出してもそうだったような憶えはある。しかしその際に、室町や錦堂当人から「来合出入りの見世だ」と言われた記憶はない。

来合ではなく与力の誰かが出入りしているか、あるいは南町に頼んでいるのかもしれないが、そうだとすれば裄沢が断りもなく手出しをするのは横紙破り(よこがみやぶ)ということになるのだ。

裄沢の懸念を理解した備前屋が「ああ」と声を上げた。返答は錦堂から来る。

「そのご心配は要りません。手前の見世は、北の御番所の与力の方にお出入りを願っていたのですが、何ですか急にお役を退かれたとのことで。

その後に跡をお継ぎになったご親戚筋とおっしゃるお方がご挨拶にみえられたのですけれど、与力とはいえまさかに見習いのお方に出入りをしていただくわけにも参りませんので」

挨拶だけ受け手土産(てみやげ)を持たせて帰したのであろう。

「そのお役を退いた与力というのは、吟味方の？」

頷いた錦堂を見ながら、裄沢は、得意満面な顔で自分にあらぬ罪を着せてきた男——吟味方与力の瀬尾の顔を思い出していた。

「すると、ここしばらくは出入りが不在であったと」

「本来なれば一番頼りにしたいときにございましたが、倅の件で急に慌ただしくなって参りまして、どなたにお願いするのがよいのか考えをまとめる暇もない有り様で」

おそらく治吉が素人娘に手を出した騒動が表沙汰になった時期と重なったのであろう。

とすれば、意図していたわけではないとはいえ、当の与力を追い出した格好になった裄沢に責任の一端はある。まあ、あの男が出入りのままだったなら、錦堂のためになる助力ができたかは甚だ疑問ではあるけれど。

裄沢は、気を取り直して錦堂へ視線を向けた。

「いずれにせよ、承った。できるかどうか自信は全くありませんが、それがしに頼むというならやってはみましょう」

ほっとした二人を見渡し、裄沢は告げる。

「ただし、万一を考えればやっておかねばならぬことがあろうと存ずる――治吉どのの久離を切る用意はしておくべきでしょうな」

錦堂はハッとして身を強張らせ、備前屋も表情を改めた。

この時代はまだ、誰かが罪を犯せばその家族や雇い主などにまで強く責任が追及される社会であった。こうした罪を犯しそうな者との連帯責任を免れるため、人別帳から除籍して縁切りすることを「久離を切る」と言う。

その事前の準備として、人別帳の予告された氏名のところに付箋を貼っておくということをした。この付箋が、「札付きの悪」の「札付き」の語源であるという説もある。

備前屋は生真面目な顔で衎沢に頷いた。錦堂は、諦めたようにガックリと肩を落としていた。

三

錦堂の一人息子・治吉の調べは、手先になることを自ら買って出てくれた三吉ではなく、猪口橋の伊助という岡っ引きに頼むことにした。

隠れ蓑に山王社で興行していた盗人の一座を三吉に探り当ててもらったのは、香具師の元締の手下を今の本職とする三吉が得意な分野だったからであり、商家の倅のことを調べるのならば地元に根ざした者がいいと判断したからだ。

猪口橋の伊助の縄張りは深川の岡場所でも最も栄えるところの一つである櫓下近辺。つまりは、錦堂が建つ永代寺門前山本町なのだ。

その伊助は、来合が自分の代役を勤める裄沢との顔合わせの席に呼んだ御用聞きのうちの一人だった。

もっとも、裄沢としてはそのときが全くの初対面だったが、伊助のほうは裄沢の名だけは前から知っていたようだ。「櫓下で金貸しが殺されたとき、調べに当たった来合に知恵を貸した男」という、妙な誤解が混じった話をどこかから聞き嚙っていたのだ。

裄沢が頼みごとをしたときも、嫌な顔ひとつすることなく即座に引き受けてくれた——というか、錦堂から直接頼まれてはいなくとも、自分の縄張り内の話として、それとはなしにもう目を配っていた。

錦堂のほうは息子の醜行を内聞にしたかったのか、知らぬ仲でもない伊助に相談を持ち掛けることはしていなかったようだが。

「錦堂の旦那は、割と正しいところを摑んでらっしゃるようで」

治吉の行状について裄沢が錦堂や備前屋から聞いた話を伝えると、伊助はそう返答してきた。

「ただ、それまで親の言うことぉよく聞いてた坊ちゃんが、なんで急にあんなことをし始めたんかは、あっしも不思議に思うばっかりで」

「錦堂の主らは、悪い仲間に誘われたとか、そういう連中に誑かされたのではなさそうだと言っていたが」

「へい。治吉さんが悪さをするようんなってから近づいてった連中は確かにいやすけど、最初は自分から進んでそういう途へのめり込んでったって感じでやすね」

「すると、きっかけは錦堂の家内にあるか……」

「相談を持ち掛けた裄沢の旦那にまで口ぃ噤んでる秘めごととなると、家の中のことですんでどこまで調べられるか判りやせんけど、ともかくやってみます」

伊助はそう言って裄沢の頼みを引き受けた。

裄沢が猪口橋の伊助に調べを頼むにあたっては、事前に錦堂へ伝えて了解を得ている。

人別帳の治吉の欄に付箋を貼ってもらうとなれば周囲に対し公にするのと同義であり、いまさら隠し立てをする意味がない。裄沢の意向に難色を示されることとはなかった。

さらに言えば、岡っ引きというあくどいことも平気でやらかしかねない存在を介入させるのに不安があったとしても、伊助が町方からの言いつけで動く以上、裄沢に相談すればすぐに解消してもらえると判断したこともあろう。

錦堂へ探索の進め方を伝えると同時に、裄沢は自分の補佐・助言に当たってくれている臨時廻りの室町にも同じ報告を行った。

室町は溜息をつきながら話を聞いていたが、相談の中身についての意見を口にすることはなく、「お前さんが町の衆からそんな相談を受けたとなりゃあ、それだけ信用を得てるってこった」と肩を叩いて励ましてくれた。

築地にある南小田原町のあの料理茶屋。北町奉行所与力の寺本ら四人が、前回と同じ座敷に集まっていた。

後から一人遅れてやってきた人物の姿は、本日はない。

「扇屋の出来損ないの倅か」

持ち出された話を聞いた寺本が呟く。

「それを、あの男の足を引っ張る材料にできますかな」

「それは、まだ先行きを見ないと何とも言えぬのでは」

大竹と見延がろくに考えもせぬまま口に出す。

「愚図愚図しておると来合が怪我から復帰して、あの男は廻り方からはずれてしまおう」

頼りない仲間に苛立った寺本が強い口調で吐き出した。佐久間にすれば裄沢が廻り方からはずれてくれたならそれでよくとも、恨みを晴らしたい寺本からすると、つけ入る隙をまた一から探さねばならないことになるのだ。

そして、元の用部屋手附など他のお役に転じられてしまったら、どう考えても廻り方ほどに隙が生じそうな出来事が頻出するとは思えない。が、世間話と変わらぬほどの気持ちでやり取りしていた二人には、叱りつけられても堪えた様子はなかった。

「いったん手に入れた廻り方のお役ですぞ。そう簡単に手放しますかな」

「そうそう。受けるときにはご意向に従ったような口を利いても、いざ離れねばならぬとなれば、ガラリと考えが変わるのが人の性というもの」

それに異論を述べたのは、同じ廻り方の佐久間だった。

「いや、あの変わり者だぞ。何を考えておるのか、実際なってみぬと判らんだろうが」

　裄沢がすんなり廻り方の席を明け渡してくれるならよいが、そうとは限らぬ以上、引きずり下ろす企てはやはり佐久間にとっても必要なのだ。それができなければ、代わりに自分が押し出されてしまうかもしれない。

　大竹と見延は顔を見合わせて口を噤んだ。佐久間の言葉に考えを改めたというよりは、その言葉の荒さに気圧されただけだろうか。

「少なくとも、来合が復帰したときにはお役を交代してしまうつもりで策を立てたほうがよいな」

　内心の考えは違っても、やるべきことについての意見は一致している寺本がそう結論づけた。

「では、どのように？」

「そこは、同じ廻り方の佐久間どのなればよい案をお持ちなのでは」

　大竹と見延は相変わらず他人任せである。

「おい、この話を持ってきてやったなぁ俺だぞ。その上で策まで俺独りで立てろってかい」

「とは言うが、廻り方のお役についてのことなれば、やはり同じ廻り方を勤める佐久間どのでないと判らぬことが多かろう」

「そうそう。どのように普段仕事を進めておるのか、どんなところにつけ込む隙があるのかは、佐久間どのに教えてもらうのが一番じゃ。さすれば、我らも知恵を出せようほどに」

釘を刺しても変わらぬ人任せの姿勢と、そうした自分らの態度への自覚のなさに、佐久間は呆れて溜息をついた。

「治吉が、自分は錦堂を継げぬと？」

裄沢からの命を受け、改めて腰を据えた聞き込みをやりなおした猪口橋の伊助が、その結果を報告に来た。

「へい。ワル仲間をいくら小突(こづ)き回しても何にも出てこねえんで、今は疎遠になってる昔っからの友人(ダチ)にもういっぺん当たってみたんでさぁ。するってえと、自分らから離れてくようんなる少し前、酔っ払ってそんなことを口にしたことがあったと。

ただの一度っきりで、自分らも酔ってたし、あっしのほうからしつこく訊かれてようやく思い出したようで」

「……治吉は、錦堂の一人息子だったな」

「へい。他にゃあ、赤子んときに亡くなったような兄弟もおりやせん」

「錦堂の主が余所で子を産ませたようなことは」

「堅いお人だって評判で、少なくともあっしは聞いたことがありやせん。そりゃあ、仲間内やお得意先との付き合いはありやすから、そういうとこへも足を向けねえってこたぁねえでしょうけど、いつもその場っ限りで馴染みも作らねえとか」

そうなると、仮に錦堂と同衾した女郎が子を孕んでも、それを客に知らせることはあるまい。第一、そうして出来た子はたいてい流されてしまうし、たとえ生まれたとしても、馴染みでもない錦堂の子だと確かめることもできなければ、言い張れる者もいるはずがない。

「錦堂の若いころはどうだ」

「昔のこととなるとあっしもそう詳しくはありやせんが、他の若い連中と似たようなモンだったんじゃねえでしょうか——そっちも調べてみやすかい。

ただ、錦堂の先代は厳しいことで知られてて、見世の中の話はいっさい外へ漏らさないようなお人でしたから、探ってもどこまで明らかにできるか——」

「いや、それならいい」

「お役に立てず申し訳ありやせん」

「今まで何もなかった取っ掛かりを探り出してくれただけで十分な手柄だよ」

「ありがとうございやす——で、探らねえとすると、どうなさるんで」

伊助の問いに、裄沢はさらりと答える。

「若いころのことが知りたければ、直接当人から聞くのが一番手っ取り早かろう」

四

裄沢は備前屋につなぎを取り、錦堂を呼んでもらった。すでに顔は見知っているから直接相手を訪ねてもよかったのだが、何とはなしに備前屋のいる場のほうが、錦堂から話を引き出しやすいと思えたからだった。

三人が顔を合わせたのは、前回と同じ日本橋・小舟町の料理茶屋だった。

「治吉が、自分は錦堂の跡継ぎになれないと……」

「昔からの友達に、酔ってそう語ったことがあるそうです。その友達とは、すぐに付き合いを避けるようになったとのことだが」

　錦堂は、裄沢の声が聞こえていないかのように茫然としていた。その口から、

「まさか……」とひと言呟きが漏れる。

「どうやら、心当たりがあるようですな」

　なおも言葉を発しない男へ、備前屋が「錦堂さん」と呼び掛けた。

　ハッとした錦堂は視線を備前屋へ向け、裄沢へ移す。

　裄沢は、黙ったまま錦堂の言葉を待った。

「どこで聞かれていたのでしょうな」

　あらぬほうへ目をやった錦堂がぽつりと言った。

「ではやはり、心当たりが？」

　備前屋の問いに、錦堂は頷く。

　しばらく口を閉ざしていたが、意を決したのかポツリポツリと語り出した。

「若いころ、手前には好いた女がおりまして。父親には認めてもらえそうにありませんでしたが、そのときは家を出て小さな商いでもやりながらつましく暮らしていくつもりでおりました」

「そんなことが……」

驚く備前屋に向かって頷く。

「もしそうなったら、備前屋さんと姉の間に出来た子を、養子に取って見世を継いでもらえばよいと考えておりました——手前が見世を継ぐ前で今ほど備前屋さんとは親しくお付き合いをしておらぬころにございますから、備前屋さんは知らぬ話にございます。手前の父は見世をとても大事にしておりましたので、実の娘とはいえ嫁いでいった姉にはいっさいこの話はしていなかったと思いますし」

猪口橋の伊助も、「錦堂の先代は見世の外へ内輪の話はいっさい漏らさない人だった」と語っていた。

備前屋は「存じませんでした」と驚いた顔をしている。

裄沢は、感情を交えずに淡々と問う。

「当時の、その相手とは？」

錦堂は諦めたような笑みを口元に浮かべて首を振った。

「突然、手前の目の前から姿を消しました。どこを探しても見つかりませんし、誰に聞いても行方を知っている者はおりませんでした。

手前は破れかぶれになり、当時は結構荒れたものでございます。とはいえ、今の治吉とは比ぶべくもありませんが——倅よりも、ずいぶんと小心者なのでございましょうな」

　治吉の悪行に手を焼きながらも、裄沢に突き離されるまで見放そうとしなかったのは、錦堂自身にこんな過去があったからかもしれない。

「生涯の伴侶と定めた女を失い、もうどうでもいいという気持ちでおりましたので、荒れていたとは申せ父の意向に対して本気で逆らうこともせぬまま、見世を継ぐことになりました。女房についても、親の言うなりでろくに相手のことを見もせず迎えたのでございます」

「とはおっしゃっておられますが、よく出来たお内儀で、しっかり見世と家を支えておられます」

「確かに、手前のような男には勿体ない女だったやもしれませんな。

　それはともかく、あるとき、その女房が遠い親戚筋の者だと申して子供を一人連れて参りました。どこといって目立ったところのない男の子でしたが、珍しく女房がこの見世で奉公させてほしいと願って参りましたので、雇い入れることに致しました。それが、今手代をやっている清二でございます。

　当時はご改革のあおりで商売があまり思わしくなく、手前は外回りに掛かりきりになっておりましたので、見世での商いのことは番頭さんに、家のことは女房に任せっきりになっておりました。ちょうど同じころに父親が弱って床に就くようになってしまいまして、苦労を掛けている女房のこれまで言ってきたことのない願いだからということもあり、特に気にすることなく受け入れたのでございます——まあ、こんなときに人を増やして大丈夫なのかということのほうは、少なからず心に引っ掛かっておりましたが」

ご改革というのは、今から十年ほど前に始まった、老中首座松平定信による寛政の改革のことだろう。

定信が厳しく施行させた質素倹約令は、当然、岡場所として江戸一番の賑わいを誇る深川にも大きな影響を与えた。粋を誇る芸者衆の持ち物の華やかさに制約がかかったばかりでなく、呼ばれる座敷の数自体が減ったことで、錦堂にとっての得意先であるこうした女たちの懐具合にも余裕はなくなっていく。扇や扇子を商う見世としては大きな痛手であったろう。

「ずっと後になってから聞いたことにございますが、清二は、かつて手前の前から姿を消した女が産んだ、手前の倅にございました。女は、手前の父親に因果を含められ、身を引いて一人で子を産み育てていたと申します。

寝つくようになって体ばかりでなく気も弱っていた手前の父親は、己がやったことに心のどこかで後悔があったのでございましょうな。甲斐甲斐しく世話を焼く手前の女房に、どういうつもりであったのか、そのことをふと漏らしたようです。

女房はその後も少しずつ、かつての手前の女のことを父親から聞き出しては、どこで住み暮らしているのか探し続けたようでした。そしてついに見つけ出したのですが、そのときには女はすでに病で亡くなっており、幼い清二が一人遺されておったのです。女房は清二を引き取り、清二にも手前にも告げずに錦堂で奉公させようとしたのでした。

そして、父でございますが、床に就いたまま起き上がれなくなっていたとは思えぬほどに元気を取り戻し、手前のやり方に口を出すことはありませんでしたが、見世に出て皆の働きぶりを眺めるようになったのです。今にして思えば、あれはそうとは名乗れぬ自分の孫を見ておったのでしょう。その父親も、いっときの回復は何だったのかというほど急に衰えて、そのまま亡くなってしまいましたが」

錦堂が口を噤むと、しばしの間を置いて裄沢が問いを発した。

「今のお話と、手先が探り出した治吉どのが酔いに任せて言い放った言葉を考え合わせると、治吉どのはどこかで清二どのが錦堂さんの実の息子であると知ったのではと思えますが」

「手前が女房から打ち明けられたのは、見世を離れて二人だけだったときのことですし、他人がいるところではいずれも気をつけて口には出さぬようにしておったはずです」

「先代から治吉どのに漏れたということは」

「それは……全くないとは言い切れませんが、手前の父親が亡くなったのは治吉が十歳を過ぎたばかりのころです。それから五、六年は経ちますが、治吉がおかしくなったのは近ごろのことですので、おそらくは違っておるかと」

「では逆に、時期のことから考えてみましょうか。錦堂さんの言う、治吉どのがおかしくなったと感じるより前——わずかに前か、一、二カ月前かは存ぜぬが、そのあたりで何か思いつくようなやり取りをしませんでしたか」

「と、おっしゃられても……まさか、そんな……」

「何か、思い当たられたようですな」

錦堂は、茫然とした顔を裄沢へ向けた。

「あれはやはり、半年ほど前のことでしたでしょうか。手前の父親の七回忌について話していたとき、ふと女房が手代に引き上げた清二について、『この先どうしていくつもりか』と訊いてきたことがございました。

手前もとっくに清二の出自を存じておりましたから、『もっと修業を積ませて、いずれは所帯を持たせ自分の見世をやらせてやりたい』というようなことを申した憶えはありますが、まさかそのときに……ですが、清二に錦堂を継がせるなどとはひと言も――」

「錦堂どのもお内儀も、治吉どのが聞いていたことには気づかなかったのでしょう。離れていたなら、途切れ途切れの話の中から判断してしまったのかもしれません」

「しかし、それだけで錦堂そのもののことだと誤解するはずが――」

「これも憶測になりますが、治吉どのは先代より何らかの話は聞いていたのかもしれません。幼い孫に対して、さすがにはっきりとは言わなかったでしょうし、治吉どのもそのときには意味が判らなかったのかもしれませんが、錦堂どのとお内儀の話が漏れ聞こえてきて悪いふうにつながった、ということは考えられませんか」

そう言われても、錦堂は首を振るばかりである。

裄沢は、さらに問いを重ねる。

「治吉どのがおかしくなる前のことですが、錦堂どのはどのようにご子息と接していたのでしょうか」

「どうと言われましても。見世の跡継ぎでございますから、それなりに厳しくしていたつもりですが」

悪行に染まるような育て方をした憶えはない、という意図でそう答えた。

「ふむ。では、清二どののほうは」

「清二のほうはと問われましても、あれは奉公人ですから」

「他の奉公人に接するときと、全く態度を変えてはいなかったということですか」

「そのとおりにございます」

「錦堂どのの中で清二どのに対する後ろめたいような思いがあって、他とは違った言葉の掛け方をしたようなことは？」

「それは……」

「あるいは清二どの自身の力があってのことかもしれませんが、他よりずいぶんと早く小僧（丁稚）から手代に引き上げて、見世の中でも皆の目を集めた、といったことはなかったですか」

　錦堂は無言だったが、無意識のうちに自分がやっていたことと、もし自分と清二の間の本当の関係を知っている者がいたなら、それがどう見えるかについて理解が追い着いてきた。

「錦堂どのはお内儀に、清二どのについて『いずれは所帯を持たせて』とも口になさったとのことですが、それは実際に清二どのにそうした相手がいての話でしょうか」

「……あ、はい。奥を任せている若い女中ですが、互いに憎からず思っている様子は周りから見ていても判りますので――もっとも、見世の者同士でふしだらなまねをさせるようなことは絶対にありませんが」

　たとえ独身同士であれ、現代でなら「社内恋愛」でごく当たり前に通用する付き合いが、当時は「不義密通（ふぎみっつう）」という犯罪行為として扱われた。錦堂の言は、「自分の見世はそんな風紀の乱れただらしのないところではない」との、見世の名誉を守らんとする矜持（きょうじ）の表れである。

　裄沢に、そんなことへの関心はない。

「若い女中にわざわざ奥を任せているとなると、その娘はお内儀にずいぶんと目を掛けられているのでしょうな」

「はい、それはもう――」

　と言い掛けて、錦堂は裄沢の言いたいことに気がついた。自分と血のつながった男と、家内お気に入りの娘を娶(めあわ)せて見世をやらせる――それが治吉にどう聞こえたかに、ようやく思い至ったのである。

　そんな、とひと言漏らした錦堂は、絶句するばかりとなった。

「ともかくこれで、取っ掛かりが見えて参りましたな」

　備前屋が、衝撃を受けた様子の錦堂を気遣いながら声を掛けてきた。対して裄沢は、表情を変えずに錦堂へ問う。

「錦堂どの。それがしの推測が当たっていて、治吉どのとの誤解が解けたとしましょう。そのとき錦堂どのは、これまでの治吉どのの行状を赦(ゆる)して先々見世を任せることができましょうや」

　錦堂は自分が倅より度胸がなかっただけだと語ったが、堕(お)ちる手前で自制が効いて踏みとどまれたから真っ当な途に戻れた、と言うこともできる。父親より先まで踏み込んでいった治吉が、自身の思い違いに気づいたとして果たして今さら正道(せいどう)に戻れるのか、神仏(しんぶつ)ではない裄沢には見当もつかないことだ。

裄沢の鋭い問い掛けに、錦堂は一瞬返答に詰まる。

それを見た備前屋が取りなしの言葉を掛けた。

「まあまあ、いずれにしても治吉さんときちんと話をしてからのことにございましょう。治吉さんも本来は明るく真面目なお人柄ですから、わだかまりが解けさえすれば錦堂の後継として恥ずかしくない振る舞いをなさるようになるはずですよ」

錦堂も、裄沢を真っ直ぐ見返して答えを返す。

「治吉が騙した上にほとんど力ずくで手を出した娘さんには真に申し訳のないことは存じますが、若いころ似たようなまねをした手前に責められる行いではありませぬ。せめて、手前があの女にしたような目には遭わせぬように、父子（おやこ）で罪（つみ）滅（ほろ）ぼしをしながら見世を続けていければと思います」

「そこまでお考えなら、それがしは何も申しません。後は、家族の皆さんでお話しした結果次第でしょう」

気を取り直した錦堂が深々と頭を下げる。

「ありがとうございました。ここまでお教えいただきましたら、肚（はら）を割って倅と話し合うことができようと存じます」

「ようござりましたな。これで手前も、裄沢様をご紹介した甲斐があったというものです」

「備前屋さんにもたいへんお手数をお掛けしました——ところで」

まだ何か心配ごとがありそうな錦堂へ、裄沢と備前屋は黙って目を向けた。

「肝心の治吉にございますが、今どこで何をしておるものやら」

この疑念には、裄沢があっさりと解決法を提供する。

「なればそれも、猪口橋の伊助に調べてもらいましょう——錦堂どのにはお内儀ともよく話をした上で、治吉どのと話し合いをする日取りを決めてもらって、伊助に治吉どのを連れてこさせる。それでいいですか」

「何から何までお手数をお掛けします。どうかよろしくお願い申し上げます」

心に立ち籠める暗雲が取り払われたような気持ちになれた錦堂は、もう一度深く頭を下げたのだった。

五

築地の南小田原町にあるあの料理茶屋に、いつもの四人が集まっていた。

「ほう、また永代寺門前山本町の扇屋に呼び出しを掛けたか」

「扇屋のグレた倅の件で何か進展がありましたかな」

寺本と大竹のやり取りに、定町廻りの佐久間は珍しく不機嫌さを見せずに応じる。

「扇屋の亭主に、倅と会わせる算段をつけたんだとよ。ところの御用聞きに倅を引きずってこさせて、きっちり膝詰めで談判させるそうだ」

「いや、さすがは廻り方を長年お勤めの佐久間どの。これまでも裄沢の動きを逐一お報せいただいたが、まさかそこまで突っ込んだ話を拾ってこられるとは」

見延が驚きを交えたおべっかを使ってきた。

同じ定町廻りとはいえ、受け持つ区域は隣り合ってすらいない。それでも裄沢に普段と違う動きが見られれば、どうやっているのかおおよそのところは探り出してきていたのだが、ここまで詳細な中身をときを掛けずに報告してきたのには目を瞠らされた。

「なあに。廻り方も長えことやってりゃあ、それなりに伝手はできるってもんさ」

佐久間は機嫌よく応じた。

佐久間の「伝手」がいったいどのようなものなのか疑問を覚えたものの、ここまで断言するからには信用してよいだろうと寺本は判断した。

佐久間は詳細についても皆に披露する。

「御用聞きが倅のほうの居所を摑んだら、見世へ引きずってく前の日までに裄沢へつなぎが入る。倅がどこに潜り込んでるかはともかく、だらしのねえ暮らしをしてんだろうから、確実に当人を確保できんなぁ陽が昇ってからだ。そっから引きずり出して連れてくってんだから、実際に扇屋での談判になるなぁ午過ぎからってことに決めたようだ。

倅の居所がいつ判明するか判らねえ以上は御用聞きから報せが来次第ってことんなるが、いずれにせよ前日の夕刻か当日の朝の同心詰所で廻り方が集まったときに、裄沢が当日午からの市中巡回を臨時廻りの室町さんか柊さんあたりに代わってもらう話をして、当人は扇屋へ向かうって段取りだ」

「室町か柊の、いずれに依頼するかは決めておらんのか」

話の途中で差し挟まれた寺本の疑義に、佐久間はあっさりと答える。

「お前さん方だって非番の日はあんだろう。たいていは室町さんだろうけど、その都合がつかねえときゃあ柊さんになんだろうってことさ」

「で、それをどう利用する？」

「その日の朝だとちょいと忙しねえことんなるが、扇屋で談判が行われるときゃあ、裄沢が見回りの交代を頼むのぉおいらが聞きつけてお前さん方に報せるよ。その後おいらは、ちょうど午前に裄沢んとこへ届くように町奉行所から使いを出してやる。『急ぎ戻ってこい』ってな。なぁに、裄沢がどこまで回って、臨時廻りにどこからやってもらうかぁ、交代を願ったときの打ち合わせを聞いてりゃ判るから、使いは裄沢が最後に向かう番屋に出しゃあいいだけさ」

そこで言葉を句切った佐久間は、一同をギロリと見回す。

「ただ、おいらの出したのが偽の使いってことにされちゃあ堪らねえから、そっから先ゃあお前さん方で上手くやってくれ」

「偽の使いではなくする、ということですか」

見延が「どうやって」という顔をしているのを、佐久間は「少しは頭を使え」という目で見返す。侮蔑する目は見延へ向けているが、この男が寺本の代わりに問うているのは明らかだから、実際蔑んでいる相手はここにいる自分以外の全員だ。

――まあ、そんなことに気づく頭もねえだろうけどよ。

内心は顔に出さずに、見延の問いに答えてやった。

「何のためにあのお人を仲間に引きずり込んだんだい。寄騎（味方）するっつっときながら、この場に一度っきりしか顔を出さねえようなお人だ。実際に裄沢をやり込めるときぐれえは、しっかり働いてもらわねえとな」

「あのお人の名で、裄沢を呼び出すと」

「それだけじゃあなくって、呼んでから散々待たせて、扇屋の談判にゃあ間に合わねえようにさせる——どんな理由で呼んだかとか、呼んだ後でどう裄沢を引き留めとくとかぐれえは、あんた方でもあのお人でもいいから、そっちで考えてもらいてえ」

「しかし、それだけであの男を痛い目に遭わせられようか」

「確実じゃねえけど、あの扇屋の倅はもう相当捻じ曲がってるようだ。無理矢理引きずってこられて、いざ談判だってなったときに頼りのお役人が姿を見せねえとなったら、好き放題暴れられると思ったっておかしかねえ」

「けれど、倅を連れてくる御用聞きがいるでしょう」

「御用聞きと子分どもは、倅を送り込んだらすぐにその場から立ち去ることんなってるとよ。そんだけ、扇屋は周りの評判を気にしてるようだ。

裄沢の到着がちょっと遅れたって、そのぐれえは自分らで抑えておけるってはっきり言い切ったそうだぜ――けど、その裄沢がいっこうに現れねえとなったら、いってえいつまで大人しくさせておけるモンかねえ」

「……騒ぎが起きれば、裄沢の責になると」

「まあ、廻り方としちゃあ、体面は丸潰れだな」

「騒ぎが起きずに終わったときは？」

「そんでも、扇屋の信用はなくすだろうよ。扇屋に裄沢を紹介した大店の備前屋だって、裄沢のせいで顔を潰されたことんなる。その両方から悪評が広がりゃあ、やっぱり廻り方としてやっちゃあいけねえよ」

「……少々、弱いな」

それが、佐久間の策に対する寺本の評価だった。

佐久間は憤りも見せずに反論する。

「じゃあ他に、ナンか手はあんのかい？　怪我した来合は、もう床から出て体を慣らすための散歩するとこまでできてるって言うぜ。このまんま手ぇつけかねてボオッと見てるだけだと、あいつはさっさと来合と交代して、御番所の中に引っ込んじまうかもしれねえよ」

佐久間の指摘に、寺本はムウと唸る。

佐久間は素知らぬ顔で杯を空けた。珍しく多弁を振るって乾いた喉に、酒が沁み渡る。

確かに、扇屋の倅がよほど大きな騒ぎを引き起こさなければ、裄沢が御番所の中で責を問われる事態にまでは至るまい。しかし、佐久間にとってはそれでもよいのだ。

来合の復帰が差し迫った今、廻り方として意外に役に立ちそうな裄沢を定町廻りで残すなら、代わりに押し出されるのは立て続けに失敗りを犯したと見なされている佐久間であろう。その目障りな競争相手に味噌を付け、「お役替えについては今しばらく様子を見る」となれば佐久間の勝ちなのだ。

そして様子見の間に、「やはり佐久間の代わりはいない」と評価が変わったなら自分の席は安泰となる。その際に佐久間がやるべきは、何としても手柄を挙げることだけだ。

——なら、これまでずっとやってきたことと同じ。己にできぬわけがねえ。

一方、裄沢を御番所へ呼びつけて談判の席へ行かせぬように待たせ続ける連中はどうか。よほど上手い理由をデッチ上げなければ、責は呼びつけたほうにも及んでこよう。

しかし、そんなことは佐久間には関わりがない。佐久間はちゃんと、「自分らで考えろ」と言ってやっているのだから。

それを向こうが了承した以上、そこからさきは向こうの問題であろう。連中が「廻り方の仕事には詳しくないから知恵を出せ」とぶん投げてきたのと一緒で、内役の仕事の中身については佐久間に尻を持ってこられても、どうしようもない。これまでのお役替えでいろいろやってきたから仕事自体は経験していても、今実際にどうなっているかは、現在そうしたお役に就いている者しか判らないことなのだ。

実際には、佐久間が本所・深川を預けられないことについてはしっかりとした理由があった。

川向こうとも別称される本所・深川は、江戸のご城下が発展していくにつれ後を追うように町家が増えていった土地だが、江戸期も半ばまでは御府内に含まれず、代官所管轄のままであった。その代官所の警察力を見ると、町奉行所と比べれば格段に低い。

旧来の江戸の地に劣らぬほどの賑わいがあって、治安を維持する力は圧倒的に弱い――利に聡い悪党どもが跳梁跋扈する場所となったのは、ある意味当然の成り行きであったろう。

その本所・深川もやがて江戸の御府内に含まれるようになったが、昔から住み暮らしている人々の意識はそう簡単に変わるものではない。新たにやってきた者だって、そうした「町の意識」に感化される。両国橋の東西広小路における露店・屋台見世（防火地帯である広小路内で通常の建物は違法建築となる）の品揃えや見世物小屋の演目について、橋を一つ渡るだけで品性が格段に違うことを見てもそれは明らかであろう。

だとすると、本所・深川を受け持つ定町廻りにしても、旧来の江戸の地を受け持つのとは違った覚悟を持たないと、「半ば無法の地」という意識のままの悪党どもと対等に渡り合ってはいけないのだ。

来合が廻り方になってすぐこの土地を受け持たされることになったのは、その見た目の迫力と奉行所内でも屈指とされる剣術の腕があったからだ。そして来合は、これまで周囲からの期待によく応えてきた。

ごく短い間とはいえ裄沢がここを任されるについては、不安視する向きも少なからずあった。しかし短期であるがゆえに、適材適所で「心太式」の人事をやってしまうと、来合が復帰した折にはまたすぐ同じような大掛かりな人の異動をしなければならなくなる。裄沢をそのまま据えたのは、英断という名の成り行き任せだったのだ。

ところが裄沢は、着任早々己を脅してきた悪党崩れの亥太郎（猪吉）を有無を言わせず召し捕るという、目にも鮮やかな活躍を見せた。奉行所内での見方が変わったと同時に、本所・深川に巣くう悪党どもの考えも一新させたのだ。

佐久間については、誰もこのようなことができるとは期待していない。ゆえに、佐久間に本所・深川が任せられるということはほぼあり得ない。人付き合いの複雑さという点で本所・深川以上に厄介な神田や日本橋南が預けられるようなことは、さらに起こり得なかった。

佐久間当人だけは、この事実に全く気づいていない。

自分の持ち出した策についていまだ熱心に検討を続ける三人を横目に、佐久間は膳の肴に箸をつけて舌鼓を打った。

六

錦堂でまだ歳若いながらも奥の仕事を任されている女中のお初は、お内儀からのいつもの頼まれごとを終わらせて台所のほうへ戻ってきたところであった。

慣れている仕事とはいえ、いや、慣れている仕事だからこそ、旦那様やお内儀様の前では粗相をせぬよう気を遣う。お二人の前から下がって思わず気が緩んだところで、突然脇から伸びてきた腕に手首を摑まれ、階段裏の道具部屋へ引きずり込まれた。

「きゃっ」

奉公人の躾の行き届いた見世でこんなことをされたことのないお初は、自分に何が起きたのかも判らないまま、ただ身を竦ませた。

誰だか判らない男に、乱暴に抱きすくめられる。大酒を飲んだ者特有の酒臭さと汗の臭いの入り混じった濃密な体臭に咽せて、我に返った。

「だ、誰っ？　何するの！」

「静かにしねえか」

ようやく口から出てきた言葉に、押し殺した応えが返ってきた。

「！　その声は、若旦那様？」

言い当てられた治吉は、低く嗤った。

「若旦那かい。俺ぁ、いつまでそう呼ばれるんだか」

治吉の意識が逸れたことでわずかに力が緩んだと察したお初が、拘束から逃れようと身を捩（よじ）った。

「暴れるねえ」

治吉は余裕でお初を抱え直す。

「嫌っ、放して」

「ンなこと言って、清二たぁよろしくやってんだろ？　未通女（おぼこ）でもねえくせに、キャンキャン騒ぐねえ」

「何言ってんですか。嫌、放してください」

無理矢理抱きすくめられている嫌悪感もあるが、清二を貶（けな）されたことがそれ以上に腹立たしかった。

と、部屋の外から様子を覗う（うかが）声が掛かった。

「お初さんかい？　どうしました」

一番聞きたかった声が聞こえてきて、お初はようやく大きな声が出せるようになった。

「清二さん、助けてっ」

「お初さんっ⁉」

胸騒ぎを覚え心の内で想っている名を呼びながら飛び込んできた清二は、お初を後ろから抱きすくめていた男と顔を合わせて動きが止まった。

「若旦那様っ！　なぜこんなことを」

「なんでも何も、みんなお前らが知ってるこったろう。若旦那様だぁ？　嗤わせんじゃねえや。

どうせおいらぁ見世を継がせるだけの器量もねえ穀潰しだぁな。なら、おん出される前にみんなぶち壊してやらぁ」

「そんな……若旦那様以外に誰がこの錦堂をお継ぎになるというんですか。おん出されるなどと、どこからそのような――」

「うるせえっ、おいらが何にも知らねえとでも思ってんのか。どいつもこいつも馬鹿にしやがって」

「ともかく落ち着いてください。話を――」

「へっ。岡っ引きにおいらの居所ぁ散々嗅ぎ回らしといて、空っ惚けるのもいい加減にしろいっ。連中においらを引っ括らせてここへ引きずり込み、引導渡す魂胆だったてえなぁとっくにお見通しなんでえ。

　悪いねえ、岡っ引きにとっ捕まる前に勝手に乗り込んできちまってよう」

「まさか、若旦那様を捕まえるなどと、そんな話は聞いたこともございません。若旦那様――」

「清二、お前に何から何まで分捕られるってえなら、一つぐれえおいらがお前から盗ったっていいだろう。こいつぁ、おいらからの祝いだぁな。心して受け取ってくんな」

「きゃあ、清二さんっ」

「若旦那様、乱暴はおやめください。若旦那様っ」

　お初の胸元から手を突っ込もうとした治吉と、させまいと暴れるお初。清二もただ見ているわけにはいかなくなって、治吉の乱暴をやめさせようと手を出した。

「何の騒ぎだ――治吉！」

　騒ぎを聞きつけて道具部屋の入り口に集まる数人の奉公人を搔き分けて、ようやく家の奥から主の庄右衛門が中へ踏み込んだ。

大酒を喰らった酔いがまだ残っていたためか、平仄を合わせたような父親の登場でまだ口にし足りなかった悪態をぶつけようとしてか、体の向きを変えようとした治吉は頭だけが先行したため斜めに踏み出した足で体勢を保てず、背中側によろけてそのまま仰向けに倒れ込んだ。

お初にせよ清二にせよ、治吉の乱暴を何とか抑えようとしていただけで、しがみついてどうこうしようなどとは全く思っていなかった。ために、治吉の体が自分らから離れていくのをほっとして見送ってしまい、後ろに倒れ込むのを防ごうと手を出すのが遅れた。

ガツン。

一瞬静かになった部屋の中に、硬質な音が響き渡る。

天を仰ぐように倒れていった治吉は部屋の隅に置かれた箪笥の角に頭をぶつけ、弾んだ頭部を畳に落として力なく横たわった。

「……治吉。大丈夫かい？」

錦堂の主庄右衛門がそっと息子に問い掛けるが、応えは返らない。

「若旦那様？」

続いて清二が問うたのには、まるで返答するかのように大きな鼾(いびき)が聞こえてきた。

「治吉……お前、寝ちまったのかい？」

酔いが回ったのかとややほっとした声で庄右衛門がさらに問い掛ける後ろから、番頭が姿を現した。

「いえ、旦那様。この鼾の大きさはただごとではありません。すぐにお医者様を呼んだほうが」

それから錦堂の中は大騒ぎになった。

錦堂は、日ごろから付き合いのある町医者の源沢(げんたく)を呼んだ。

夜具にそっと寝かしつけられた治吉は相変わらず意識を取り戻さない。当初の高鼾ほどではないが、やはりずっと鼾をかいたまま昏々(こんこん)と眠っていた。

主の庄右衛門に治吉が倒れたときの様子を訊き、当人を診察した源沢は難しい顔になった。

「先生、治吉は大丈夫でしょうか」

「何とも言えぬな。頭を強く打った後でこうして鼾をかいている者は、おそらく頭の中に怪我を負うておる。目醒めぬままに息を引き取ってもおかしゅうはないし、幸いにして気がついた場合でも、言葉が不自由になっていたり、体が動かぬようになっていたりすることもある。覚悟はしておいたほうがよろしかろう」

「そんな。何とかならぬのですか」

「無理に起こそうとすれば、そのこと自体が治吉どのの命を縮める理由になりかねぬ。申し訳ないが、これは医者の手に負える怪我ではない」

源沢に匙を投げられた庄右衛門は絶句した。

部屋の片隅で二人並んで畏まっていた清二とお初もあまりの話に愕然とした。

「俺は、なんてことを……」

若旦那に歯向かって手まで出した己の行為を振り返り、清二は膝に置いた拳をぎゅっと握り締めた。

わずかばかりできそうな気休めの処置を言い残して帰る源沢を送り出すべく、番頭がともに部屋を出る。

ただひたすら眠り続ける倅の顔をじっと見ていた庄右衛門は、ふと気づいたように顔を上げた。

「ともかく、今後のことを裄沢様に相談せねば……」

部屋の中を見回したが、用を言いつけるべき者がいない。それを探しに席を立つ気力が、今の庄右衛門にはなかった。

七

今日は、錦堂で見世の主が連れてこられた倅と肚を割って談判する日だ。

午前(ひるまえ)の市中巡回は、番屋をもう一つ回れば終わりにできるところまできていた。昼飯をどこで食おうかと久しぶりにお供についた小者の与十次に持ち掛けながら、足取りをいくぶん緩めて目的地へ向かっていると、この炎天下に番屋の前に立ってこっちを見ている者がいる。

裄沢らを見つけると即座に近づいてきたのは、町奉行所の小者らしい。どうやら裄沢がこの番屋へ到着するのを待っていたようだ。

「大松か」

近づく男の見分けがようやくついてきた。ここしばらく、なぜかお供をすることの多かった小者だ。

「裄沢の旦那ぁ」

小走りになった大松が、少し遠目から呼び掛けてきた。

裄沢は、自分でも相手に近づきながら応ずる。

「どうした、何か用事か」

「へえ。このまま至急戻ってこいとのお達しで」

裄沢を呼んでいるとして、立ち止まった大松から無視できぬ者の名が告げられた。

「御番所で何ごとかあったのか」

「はて。あっしは呼んでこいと言いつかっただけで、詳しいこたぁ知りやせん」

市中巡回を行っている最中の廻り方を至急で呼び戻さねばならぬほどの重大事なら、確かに小者には詳細を告げられないかもしれない。

「お前が出てくるとき、御番所の中で変わった様子は」

「変わった様子ですか？　いや、特に気づきやせんでしたけど」

「そうか——ともかく急ぎ戻れということなら、そこの番所へ声だけ掛けてすぐに向かおう。幸い、午からは室町さんが巡回の残りをやってくれることになっているしな」

本日裄沢が最後に向かう予定だった番屋に変わりはなかったため、裄沢ら三人はそのまま北町奉行所へと足を向けた。

奉行所へ戻ったとき、午過ぎに巡回を交代する室町はすでに外へ出た後だった。途中で行き遭わなかったのは、室町が昼食を摂りにどこかへ立ち寄っていたからだろう。

裄沢は、己を呼んだ人物を求めて奉行所の建物へ入っていった。玄関脇の式台を過ぎようとすると、そこにはなぜか吟味方同心が仁王立ちになって裄沢を待っていた。

「……見延さんですか。どうしてあなたが」

「なに、お前さんを呼んだお人に頼まれてな。さあ、こっちだ」

裄沢は不審そうな顔にはなったものの、そのまま黙ってついていく。午どきで閑散としているのは、多くの者が昼飯の休みで仕事を中断しているからか。

御用部屋の外の廊下をぐるりと回って見延に伴われたのは、内密な話をするときに使われる小部屋だった。二つあるうち、昨年の暮れに裄沢が内与力の深元から無理難題を押しつけられたのとは違うほう、廊下を挟んだ向かい側にある小部屋だ。

見延が断りもなく部屋の襖を開けたので、中にはまだ誰もいないことが判った。

視線で促されて先に中へ踏み入る。下座に腰を下ろすと、見延は裄沢の対面まで来ずに入り口のそばで膝を折った。

「至急の用だと伺って急ぎ参ったのですが」

「お前さんと違って先方は大事な仕事を数多く抱えておる。黙って待っておれ」

「それがしが来ていることは、すでにご存じだと思っていいのですね」

「お前さんが同心詰所へ立ち寄ったところで、到着は報告済みだ。余計な心配はするな」

ずいぶんと手回しのよいことだとは思ったが、そうであればこそ、見延も奉行所の建物に入ってすぐのところで自分を待ち構えていられたのだろう。

後は、二人ともに無言だった。ジリジリと、ときが過ぎていく。

ここは建物の奥のほうではあるが、音らしい音といえば、外で鳴く蟬（せみ）の声が延々と聞こえてくるだけ。他は、ときおり廊下の前を通り過ぎていく者の気配がするぐらいだ。

「あといかほど掛かりましょうや」

四半刻（約三十分）ほど待って、待ちきれずに見延へ問うた。

「黙っておれ」

返答はそれだけだった。

無為の時間がさらに過ぎていく。

「見延どのは、ご自身のお仕事のほうはよろしいのですか」

まるで見張っているようにこちらへ張り付いたままの見延の行動を不審に思って問うた。

「これも仕事のうちだ。黙って待っておれと言ったはずだぞ」

自分を呼んだお人のことを考えれば、確かに吟味方であれ同心をこのように使うことにも不思議はなかった。

裄沢は抵抗を諦め、目を瞑って相手が現れるのを待つことにした。

北町奉行所の表門に、深川・永代寺門前山本町で見世を構える扇屋の手代と称する使いの男が現れた。男は、火急の用があるとして同所を受け持つ定町廻りの裄沢広二郎への面会を求めてきた。

「定町廻りの裄沢様なら、今は市中巡回中であろう」

直前の当番と交替したばかりで、裄沢の帰着を知らない門番の小者はそう返答した。

「いえ、お午過ぎにはお見回りを臨時廻りの室町様にお任せし、手前どもの見世へお見えになるお話になっておりました。それが御番所へ呼び戻されたと伺い、このように参っております」

「そうか、ならばしばし待て」

使いの男に言い置き、相役にその場を任せて問い合わせに行こうとしたところへ、本日は当番同心を勤める町会所掛同心の大竹が顔を出した。

当番同心は、奉行所への来訪者に応対するため各部署の同心が交替で勤める受付業務である。

「どうした。裄沢がどうとか聞こえてきたが」

大竹からの呼び掛けに、問い合わせに向かおうとしていた門番の小者が経緯を話す。話を聞き終わった大竹は、ようやく使いの男に顔を向けた。

「そなた、裄沢に用ということのようだが、裄沢は今大事な御用で取り込んでおる。出直して参れ」

「そんな。裄沢様には本日手前どもの見世へおみえになるとのお約束をいただいております。急ぎお知らせしたいことも生じましたので、何とかお取り次ぎをお願いできませぬでしょうか」

「ならぬ。お上の大事な御用の最中だと申しておる、控えよ」

「せめて、お目に掛かってひと言お話をさせていただくわけには」

「そのようなことで大事な御用を中断できると思うておるか――さほどの急ぎとはどのような用件か。申してみよ」

「それは……」

町方の役人でも様々な者がいる。手放しで信頼して若旦那の一件を打ち明けるわけにはいかなかった。相手が裄沢だからこそ、縋る気持ちになっているのだ。

使いの手代が口を閉ざしているのを見て、大竹はフンと鼻息を一つ立てた。騒ぎ立ててはいるがどうせその程度の用事であろうと、蔑んだ目を向ける。

「ともかく、今裄沢を呼ぶことはできぬ。諦めて出直してこい」

言い捨てると、そのまま門内の当番所へ戻っていった。

呼び止めたくとも、取り付く島もなくその姿が消えていく。視線を自分の相手をしてくれた門番の小者へ向けると、小者は気の毒そうな顔をしてこちらを見ていた。

「せめて裄沢様がお出ましになるまで、ここで待っていてもよろしいでしょうか」

門番の小者の応諾を受けて、使いの手代は出入りする者らの邪魔にならぬように脇へ身を移した。

延々待ち続けたが、自分を呼びつけた男はいっこうに姿を現さない。部屋の隅に居座る見延へ話を持ち掛けても、全く取り合ってはもらえぬままだった。一刻半（約三時間）ほどはゆうに経ったであろうか。裄沢は、ついに堪忍袋の緒を切った。

「これ以上は待てませぬな」

「裄沢、何を言うか」

「ホンに至急なれば、とうにこちらへ顔を出しておるはず。それが用も告げぬままとなれば、このまま黙って待ってはおられぬ」

「あのお人の命に逆らうと申すか」

「待っていても来ぬとあらば、こちらから参上して何用か訊くしかありますまい」

今にも腰を上げそうな裄沢の様子に、見延は「ま、待て」と制止した。

「すぐに来られるかどうか、様子を見てくる。今しばし待っておれ」

そう言って慌ただしく部屋を出ていく。それでも出際に、「大人しくここで待っておれよ」と念を押すのは忘れなかった。

やむを得ずにそのまま座していると、また無用のときが流れていく。ようやく「入るぞ」との声が廊下から掛かったのは、見延が部屋を出てからまた四半刻ほど過ぎた後のことだった。

裄沢の応諾を待たずに襖が開く。姿を現したのは裄沢を「至急」と呼び出した男、内与力の古藤だった。

古藤は無言で中へ踏み入り、裄沢の対面に座る。見延はこの場には同席しないようで、姿は見えなかった。

「至急の御用と伺っておりましたが」

自分を無理矢理呼びつけて二刻近くも待たせた男へ静かに問うた。

裄沢にすれば、古藤からこのような嫌がらせを受ける理由に思い当たるところはない。ただし、ふた月ほど前に起こった仇討ちの一件で、出入り先のお先棒を担いだ吟味方与力に引きずられて古藤が対応を誤ったのを、本来あるべき筋道へ事態を引き戻したのが裄沢らだったために、逆恨みをされたということは考えられた。

「ああ、こちらもいろいろと仕事が立て込んでおってな」

裄沢の静かな言いように怒りが込められているのに気づかなかったのか、古藤はごく当たり前の口調で返してきた。

「そのことはともかく、ご用件を伺いましょうか」

裄沢の剝きつけな要求にムッとしかけて表情を取り繕い、古藤は手にしていた紙を突き出してきた。

「ああ、これはそなたが書いた物であろう。これについて少々訊きたいことがあってな」

裄沢は無言で受け取り一瞥する。

「……これは、それがしが以前に書いた上申書の草案ですな。すでに筆を入れた上、清書された物がご老中に提出され、御裁可も得たはず。中身についてのお問い合わせなれば、より詳しき内容が別途綴って書庫に保管されておるのはご存じでしょう――これのどこが至急なのですか」

「裄沢、問うておるのはこちらぞ」

言葉に威圧を籠めて言い放つ。同心ならば、お奉行と最も親しい内与力のこのひと言で屈服するはずだ。

ところが、頭を下げるどころか詫び一つ口にしない裄沢が視線を上げてきて、目の合った古藤は相手が大いに怒っていることにようやく気づいた。

「こぉの、大馬鹿者がっ!!」

裄沢が場所もわきまえずに大声を上げたことに驚かされて、最初は言われたことの意味が理解できなかった。

「な、何を、儂は内与力ぞ」

「廻り方の仕事の重要さを知らずにこのような無益なまねをして、よく内与力だなどとホザけたな。それでも、お奉行様の最側近たるお役を勤める者のつもりか。恥を知れっ！」

「な、ななな何という言い草」

「ともかく、こんな愚か者の相手はしておられぬ。退席させていただく」

「ま、待てっ。かような悪口雑言を吐いて、この場を逃れられると思うてか」

「戯言は戻ってからいくらでも聞いてやる。今はお勤めが大事——これでそれがしが行けなかったがために重大事が起こっておったなら、そなたも覚悟をしておけよっ」

立ったまま言い放つや、受け取っていた紙の束を放り投げ、音を立てて襖を開けるとそのまま飛び出していった。

裄沢の大声は、すぐ近くの御用部屋にも達していた。少し前まで裄沢の同輩であった用部屋手附同心たちが、何ごとかと部屋から顔を出している。

その目の前を、裄沢が脇目も振らずに急ぎ足で通り抜けていった。

古藤は小部屋で座したまま、豹変した裄沢の態度がいまだ信じられずに目を見開いていた。

北町奉行所の表門の外へ、裄沢が小走りに駆け出してきた。

門番を勤める小者は何ごとが起こったかと身を固くする。

「裄沢様っ」

使いで来ていながら役目を果たせずその場で待っていた錦堂の手代が、裄沢の姿を見つけて声を掛けてきた。

「遅れたが、これより参る。話があるなら道々聞いていこう」

そう言って呉服橋のほうへ踏み出すと、使いの手代も後に続こうとする。

門番の小者が慌てて止めた。

「裄沢様、供をお連れなさりませぬのか」

「行く先は深川・永代寺門前山本町の錦堂だ。供の小者には支度でき次第後を追わせよ」

言い捨てて、使いとともに後ろも見ずに去っていくのを、門番の小者はただ見送るしかなかった。

八

門番から知らせを受けて慌てて支度をして裄沢の後を追った小者の与十次は、目的地である錦堂へ到着すると、ほとんど間を置くことなく北町奉行所へ一人立ち戻ることとなった。

奉行所では、すでに裄沢の代わりで市中巡回を終えた室町が同心詰所に戻っていたが、与十次の報告を聞いてともに錦堂へ急行することになった。

古藤が北町奉行の小田切から呼ばれたのは、その室町が錦堂より戻ってきてからのことである。裄沢は、まだ向こうに残ったままだった。

上役に対する裄沢のとんでもない態度に怒りが収まらず、古藤は周囲に裄沢への非難の言葉をぶちまけていた。下僚である用部屋手附同心たちが、定刻になったにもかかわらず帰るに帰れずにいることなどお構いなしの昂奮ぶりである。

古藤はそうした己の気持ちを抑えられぬままに、お奉行が奉行所内の仕事以外の執務を行う内座の間に入っていった。座敷の中で古藤を迎えたのは、奉行の小田切と、古藤と同役で後進にあたる深元、それに臨時廻り同心の室町の三人だけだった。

顔を出した古藤は、こちらの顔を見る三人の視線に違和感を覚える。しかし、その理由には思い当たらなかった――いや、裄沢の「重大事が起こっていたなら覚悟せよ」という言葉が耳に残っていたのだが、まさかそこまでのことはあるまいと、懸命に不安を打ち消していたのだ。

「先刻は、御用部屋そばの小部屋がずいぶんと賑やかだったようじゃの」

奉行の小田切の問い掛けに、古藤は気を落ち着けて答える。

「部屋に呼びましたる裄沢が、町方同心とは思えぬ乱暴なもの言いをして参りましたので」

「そうか――ところで今、定町廻りの任に就いておる裄沢は、本来なればあの刻限はいまだ市中におったはずだが、なぜに当奉行所内におったのか」

「それは……拙者が呼びましたゆえ」

「市中巡回中の定町廻りを呼び戻すほどの用とは、何だったのか」

「裄沢は、火急の用と聞いて戻ったと申しておりましたし、裄沢の供をしていた与十次からも、同様の話を聞いております」

　奉行の問いに、臨時廻りの室町が付け足した。

「それは……先にご老中へ差し出しました上申について、尋ねたきことがありましたので」

「終わったことの確認か。それは、戻ってくるまで待てずに市中巡回中の廻り方を呼び戻すほどの至急の用件だったのか。

　それから裄沢は、奉行所へ戻ってから本来のお役に戻るべく慌てて奉行所を再度出るまで、二刻ほどもこの中におったということのようじゃが、そなたが尋ねたことはさほどにときが掛かる内容だったのか。それとも、裄沢を『火急の用』との理由で呼び戻しながら、他におろそかにできぬ用事があったためにさほどの長きに亘(わた)り裄沢を待たせたということか。ならば、そなたがはずせなかった重要な用件とは何だったのだ？」

「市中巡回とおっしゃいましたが、裄沢はそこな室町に交代を頼んでどこぞの商家へ参ることになっていたはず。お言葉を返すようですが、呼び戻すに障りはありますまい」

「ほう。そなた、一介の同心が本日どう動くかまで、よく知っておったの」

奉行が上げた驚きの声に、表情を厳しくした室町が続けた。

「お言葉ですが、受け持ちの中の商家から相談事があれば、これを聞くのも我ら廻り方の仕事の一部にございます。裄沢より相談を受けた我らもそう認めたゆえ、裄沢の市中見回りを交代したわけにございますから」

二人から投げかけられた言葉に、古藤はグッと詰まる。

「……まるで、拙者がお調べを受けているようにございますな。問題は上役を蔑ろにして、言いたい放題言い散らかしたまま外へ飛び出した裄沢にこそあるのではございませぬか」

「裄沢の責については、当人が戻り次第、当人を相手に問い掛けることになる。が、今はその裄沢がおらぬのでな」

「裄沢がいないがために、拙者がこのような扱いを受けねばならぬということなのでしょうか」

「先方との約束に裄沢が大きく遅れたがゆえに、起こってはならぬことが起こったとしても、そなた、そのように申せるか？」

「起こってはならぬこと？」

「立会人であったはずの裄沢がおれば自重しておったであろう男が暴発したために、人死にが出た」

「人死に……」

お奉行の言葉に愕然とした古藤へ、室町が詳細を告げる。

「古藤様がどこまでご存じかは知りませぬが、裄沢は深川の扇屋で、見世の主とグレた倅の話し合いに立ち会うこととなっておりました。その場に倅を引きずり出すため土地の御用聞きが動きましたが、見世からすれば外聞を憚る話。すぐに裄沢がやってくることになっていたゆえ、御用聞きやその子分は早々に帰してしまいましたそうな。ところが当の裄沢は、古藤様のお呼び出しで先方へ向かえず、無駄にときだけが経つことになったのでございます」

「問題……人死にが出たとは、そこでいったい何が起こった」

「御用聞きに無理に連れ戻されたのですから、これから何が起こるかは倅のほうも察したことでしょう。しかし、なかなか裄沢が現れぬために見世の主はやろうとしたことが始められない。

待っていれば己がどうなるか、いろいろと考えるだけのときを得た倅は、自暴自棄になったのでしょうな。以前より奉公人の男女が互いに想い合っているのを知っていて、どうせ最後だからと女のほうに無体を働こうとしたようです。その騒ぎを聞いて見世の主が駆けつけると、倅は手籠めにしかけた女を放り出して主へ向かっていこうとし、足を踏み誤ったか前日の酒がまだ残っていたのか、よろけて簞笥の角に頭をぶつけ気を失いました。

慌てて医者を呼んだものの手当ての甲斐なく、そのまま息を引き取ったそうにございます」

「グレた倅が死んだ……しかし、それは自業自得ではないか」

「裄沢がその場にいれば、自棄を起こすことなくきちんと話し合いがなされて、和解しておったやもしれぬのですぞ」

室町の反論に、奉行の小田切も言葉を添えた。

「倅が死んだだけでなく、その倅が標的とした奉公人の男女は騒ぎに紛れ、逐電してしもうたということじゃ。まずは後難を恐れたということであろうな。

互いに想い合っておったとは申せ、みだりがましいことはいっさいないまま、真面目に奉公に努めていたという話なのにな」

「……」

一件のあらましを聞いた古藤は言葉を失った。これでは、裄沢一人の不手際（ふてぎわ）ということでは済まされず、北町奉行所全体の失態とみなされてしまいかねない状況だ。

小田切は、茫然とする古藤を見つつ静かに言った。

「裄沢は、かような事態を招いた責を取るとして、『己の出処進退（しゅっしょしんたい）はお奉行様に委ねる』と、ここな室町を通じて儂へ伝えて参った」

「……」

「裄沢の覚悟のほどは受け止めた──古藤、そなたはどうじゃ？」

まさか、ここまでの事態になるなどとは想像もしていなかった古藤は、お奉行の問いへ即座に反応することができなかった。

奉行の小田切から「とりあえず長屋で大人しくしておれ」と命ぜられた古藤が悄然（しょうぜん）とした姿で去った後、内座の間に残った三人はしばし無言になった。

ふうっと息を吐いた小田切が、臨時廻りの室町へ目を向けた。

「で、実際には何があったのだ？」

小田切が吐いた言葉の意味が判らなかった深元は、視線をやり取りする小田切と室町を見やる。室町が、諦めたように白状した。

「実際に御用聞きが嗅ぎ回っているのを錦堂の倅が知ったのは昨日のことで、その夜のうちに自分のところの見世に乗り込んだそうにございます」

「では、その倅が死んだのも？」

「いえ、女中に乱暴しようとする倅と止めようとする手代が揉み合っているところへ見世の主が現れ、その拍子に倅が倒れて頭を打ったのは確かに夜の間のことにございますが、その場での倅は気を失ったまま昏々と眠り続けておったとのことです。

慌てて医者を呼んだものの手当ての施しようがなく、息を引き取ったのが本日の午ごろ、裄沢が到着することになっていた刻限の少し前だったと聞きました」

室町の話を聞いた深元は愕然とし、怒りを発した。

「ではそなたら、お奉行様や我らに偽りを申したということか」

ところが奉行の小田切は、落ち着いた顔で深元を制止した。

「まあ、待て——室町、そなたがそれを知ったのは」

「錦堂の倅のことで近々市中見回りを午から交代してもらうことになりそうだ、という相談は数日前から受けておりましたが、それが本日になったと聞いたのは今朝同心詰所で廻り方が集まったときのことでした。

しかしながら、錦堂の倅が死ぬ原因となった怪我を負ったのが実際は昨夜だったと知ったのは、交代した市中見回りから戻った後、夕刻裄沢に錦堂へ呼び出されてからのことにございます」

深元が厳しい顔で追及する。

「……では、これだけの誤魔化しを裄沢が独断で？」

「ゆえに、『進退はいっさいお奉行様に一任する』との伝言を預かり先に戻って参りました」

「これほどのことをしでかしておいて、それだけで済むかっ！」

激怒した深元が、お奉行の前であることを忘れて思わず吼えた。

九

話はいったん、数日前に遡る。

その日の勤めを終えた裄沢は、芝・二葉町にある居酒屋へ足を向けた。三吉に会うためだ。

用ができたときつなぎがつくように、五日に一度の割合で三吉自身がこの居酒屋にいるか、あるいは代わりの誰かを置いておくと二人で取り決めをしていた。

特に裄沢のほうからは話がなくとも、三吉のほうで何か用事があるかもしれない。何もないときも月に二度ほど、月半（つきなか）と晦日（みそか）（月末日）ごろには顔を出すことにしていた。今日は、そのつもりの日なのだ。

裄沢が見世の縄暖簾を潜ると、いつもの席に三吉の座っている姿が見えた。

「お待ちしておりました」

裄沢が着座する前に、珍しく三吉のほうから声を掛けてきた。

すでに顔見知りになった小女が、「いつものやつですか？」と確認して去っていく。

「そなたのほうで、何かあったか」

腰を下ろしながら、裄沢は問うた。

まあ、と曖昧な返事をした三吉が、酒肴が並べ終わるのを見てからようやく口を開く。

「あっしがお世話になってる仲神道の元締には、西本願寺界隈を縄張りにしてる弟分がおられやして。ある日、その弟分にあたる元締んとこへ、あっしが使いに出されたと思っておくんなさい。

その元締の住まいは築地の肴店にありやして、使いを終えて夜も遅くなってから、そこをお暇致しやした。するってえと、隣町の南小田原町の料理茶屋から、何やら見たことのあるお人たちが出てくるのが見えたもんで」

界隈では広大な寺領を誇る西本願寺も築地にあり、その裏手、築地川を挟んで南小田原町や肴店といった町家が並んでいる。

以前に比べると、三吉の言葉遣いはだいぶくだけたものになっていた。裄沢がそうしろと言ったからだが、これが廻り方のお供を長く続け、捕り物の数もこなしてきた男の本来の口調なのであろう。

裄沢は、三吉が言及してきた集まりについて思考を巡らす。

「見たことがあってそれを俺に告げるとなると、町方か」

「はい。いずれも北町奉行所の皆さん方で、あっしがいたころとまだお役が替わってなければですが、まずは町火消人足改与力の寺本様、町会所掛同心の大竹様、吟味方同心の見延様、それと定町廻り同心の佐久間様でした——見延様は存じませんが、他の方々はいずれも裄沢様と因縁のあるお方ばっかりのようでしたので、ちょいと気になりやして。

お節介たぁ存じやしたが、皆さんどこか人目を気にするご様子だったんで、軽く後を尾けさしてもらいやしたが、どうやらその日は皆さんそのまんまご帰宅なさったようでした」

普段足を向けない出先からの帰りに、集まりを終えた面々が出てくるところへ偶々出くわしたという話には、どこか作為的なものを覚えた。しかし、全くあり得ないとまでは言えないことから追及は控えた。

たとえ言っていることに不正確な部分があったとしても、こちらに対する誠実さへ疑いを抱かぬほどの信頼はしている。それでも、裄沢を手伝わんとする三吉の前のめりな様子には漠然とした危惧がある。

「そうか……知らせてくれて感謝する。だが、余計なところへ手出しをするとそなたの身にまで厄介ごとが向かいかねぬ。こちらで十分気をつけるゆえ、以後は構わずにいてくれ」

裄沢がどう反応するかなどすでに予測がついていたように、三吉は平然とした顔で話を続ける。

「実は、あっしの独断で勝手をさせていただきやした——人目につかねえように与十次を呼び出しやして、最近変わったことはねえか尋ねましたところ、『佐久間様からお叱りを受けてこのごろは廻り方のお供の仕事からはずされていて、裄沢様の代わりのお供はもっぱら大松が勤めている』と教えられやした」

以前三吉には、かつての仲間を呼び出して御番所の動きを訊いたりするなと叱ったことがあったが、探索の中身ではない今の話がこれに含まれるかは微妙なところだ。それに何より、三吉から教えられたのは裄沢にとっても全く意外な話だった。

「このごろ与十次が供につかぬのには、そのようなわけがあったのか」

廻り方のお供に誰をつけるかは、同心のほうで指名でもせぬ限り小者の頭分が決めているから、「おそらく別の用か何かで都合がつかぬのだろう」と裄沢は気にも留めていなかったのだ。

「そのときの与十次の話なんですが、なんで佐久間様にあれほど怒られたのか、いまだに判らねえと。廻り方のお供からはずされたのも、佐久間様からの厳重な申し入れがあったからだそうで。

その佐久間様は、お供にはいつも気に入りの御用聞きをつけておられやす。それが、なんで自分じゃ使ってもいねえ小者のお供に口を出すのか、やっぱりちぃと気になりやして。なにしろ、御番所からもお住まいからもはずれた場所で密会してるお人がやったことですからね」

口ぶりからすると、探りを入れるのがそこまでで終わらなかったということだ。

「幸いなことに、皆さんが使ってた料理茶屋ってえのが、先ほど申し上げた西本願寺界隈の香具師を取りまとめてる元締の息が掛かったところでしたんで。訊いてみたら、皆さんがあそこを使うのは初めてじゃなかったと。で、次に使いたいって話が来たときゃあ、報せてくれるように頼んどきました。

そしたらつい先日、その報せがやってきまして。あっしはその料理茶屋に頼んで、隠し部屋に潜ませてもらいやした」

料理茶屋などの客商売の見世には、様々な者がやってくる。中には、話し合いと称しながら刃傷沙汰になりそうな客や、部屋で首でも括ってしまいかねないような様子のおかしい客もいる。

そういった騒ぎが起きそうに思えたときでも厄介ごとになる前に対処できるよう、特に奥の離れなど他から隔絶された部屋の隣には、密かに監視できるような隠し部屋が造り込まれているのだ。

そんな部屋があるとはいえ、設置した目的は見世が騒動に巻き込まれるのを回避することであって、他人に覗きや盗み聞きをさせるためのものではない。そこへ入れてもらえたというのだから、「築地の元締の息が掛かっている」という料理茶屋はその元締の持ち物なのかもしれない。三吉が自身世話になっている元締ばかりでなく、弟分だという築地の元締のほうにもずいぶんと信頼されていることになろう。

「そなた、そんなことまで……」

裄沢は、呆れ声を上げた。

しかしながら、三吉の話には誤魔化しがあった。

実際には、先日柳島村の殺しの話を聞こうと呼び出したときから付き合いが復活した与十次を飲みに誘った際に、与十次の口から「裄沢様のお供をはずされている」という愚痴が出たのが発端だった。その場は相手に気づかせぬように話を聞き出して、怪しい動きをしているように思えた定町廻りの佐久間を尾けたのだ。

運がよかったのか、ほどなく佐久間が南小田原町で不審な集まりに加わっていることを嗅ぎつけることができた。料理茶屋に話をつけて隠し部屋へ潜り込めたのは、立地から西本願寺での商売とも関わりが深い見世にとって、当のお寺を縄張りとする香具師の元締経由の話を断り切れなかったからである。

裄沢に正直なことを言わなかった理由は酔って奉行所の内情を漏らした与十次を庇うためだが、三吉は「これも先々を考えれば必要なことだ」と自身に言い聞かせ、己が忠義を誓った相手への後ろめたさを顔に出すことなく平然と話を続けた。

「で、実際にこの耳で聞いたことを、申し上げやす」

三吉がそのとき聞き取った話は、裄沢が錦堂からの頼みで倅の治吉を見世へ連れていかせ、談判する場に立ち会うという件についてだった。

「そうか……このごろ俺の供に大松がついていたのは、佐久間さんが大松に俺の行動を報告させるためだったか」

「与十次が廻り方の供の仕事からはずされた後、裄沢様のお供に誰が就くかについては大松が自ら手を挙げたとのことでした。この炎天下、大松のような怠け者が自分から望んで外歩きの仕事に就こうとしたってだけで、裏に何かあるに違えねえと思わされやした」

「けれど、大松が見聞きしただけで、そなたが漏れ聞いたように詳しいところまでは判らぬはずだが」

「佐久間様とほとんど受け持ちが重なっていた南町奉行所の定町廻りのお方が、その後お役替えで川向こうの本所・深川を担当されることになっておられやして」

「南の定町廻り――川田さんか」

川田は現在、本所・深川を受け持つ南町の定町廻りである。双方それぞれが同じ地域を見回っており、ときに行き違うことがあれば挨拶もする。己が先に駆けつけた騒動でも、重大事であればそのとき月番である相手に引き渡したりすることもあるから、ただの顔見知り以上の付き合いにはなっている。

「佐久間様はその川田様から、永代寺近辺に縄張りを持つ御用聞きを紹介してもらったようです」

赤坂で悪さをしていた猪吉が亥太郎と名を変えて深川に潜んでいたように、定町廻りの仕事は己の受け持ち区域だけ気をつけていれば済むというものではない。

佐久間からところの岡っ引きを引き合わせてくれと頼まれた川田は、「なぜ同じ北町の廻り方に頼まないのか」という疑問は覚えたであろうが、いろいろややこしいことがあるのはどこの役所も一緒だから、余計なことは訊かずにすんなりと叶えてやったはずだ。

「御用聞き同士のつながりで話が漏れたか」

「咎人をお縄にしようってのとは違いますから、裄沢様がお使いになった御用聞きは片手間仕事（かたてましごと）だと侮り、口が軽くなったのかもしれません」

縄張りが隣り合っているような御用聞き同士の仲は、必ずしも悪いわけではない。特に深川のようにいくつもの岡場所が点在していて、いずれもそこそこ賑わっているような場所では、近所でいがみ合うより余所からちょっかいを出されないように連携する態度を取ったほうが互いの利益になる。

親分同士がそうなら、手下の下っ引き同士も角（つの）突き合わせるようなことはない。世間話では済まないことでも、同業だからと軽い気持ちで話してしまったというのは十分あり得ることだ。

実際この後、治吉は猪口橋の伊助が手配した居所の探索に気がつき、先手を取って自分から錦堂へ乗り込むという事態が起こっている。伊助はともかく、その子分の下っ引きどもの気が緩んでいたことは間違いなかろう。

「で、どうなさいやす」

桁沢を呼びつけて約束の刻限に遅らせようという連中の企みに、どう対処するのかを三吉は問うた。無論のこと、必要があれば手を貸すつもりだ。

あらぬほうへ視線を据えた桁沢は、わずかに考えた後答えた。

「少なくとも今のところは何もしない」

じっとこちらを見つめる三吉を見返して言葉を足す。

「やりようはいくらでもある――邪魔してもらいたくなくば、佐久間さんに気づかれぬように見回りの交代を願えばよいし、連中に呼びつけられて戻った後、『四半刻ほど経っても表門のほうへ出てこなければ、室町さんに錦堂へ向かってもらう』よう、与十次あたりに申し付けておくこともできる」

「与十次では、室町様のところへ向かおうとしたとき連中に邪魔されるのでは？」

「連中とてそこまではやるまい――どんな理由をつけるつもりか、俺を呼んで拘束しておくだけなら後から言い訳は立つやもしれぬが、室町さんへのつなぎまで邪魔したとなったら明らかにお勤めを妨げたことになるからな。

それでは俺を陥れるどころか、自分で自分らの首を絞める結果になるだけだ。さすがに、そのくらいはわきまえていよう」

得心した三吉へ、裄沢は言葉を続ける。

「いろいろと探ってくれて助かった。礼を言う——しかし、このような危ないまねは今後せぬよう願いたい」

黙って裄沢を見る三吉の耳に、呟くような言葉が入ってきた。

「まあ、俺の定町廻りももうすぐ終わるゆえ、その心配もじきに無用になろうがな」

十

その後も裄沢は、何ごともなかったかのように淡々と市中見回りの仕事を続けた。

子分どもに弛(たる)みの見える猪口橋の伊助には、この間、特に何の話もしていない。すでに佐久間らの知りたいことは連中に知られてしまった後だし、今さら引き締めを掛けさせて生じた子分どもの態度の変化を、佐久間に手を貸す岡っ引き経由で連中に気づかれるほうが悪い結果を呼びかねない、と考えたからだ。

この判断が誤りだったことを、裄沢はすぐに思い知ることになる。

錦堂から急な呼び出しが掛かったのは、伊助から「明日、治吉を見世へ連れていく」とのつなぎが入ったその夜遅くのことだった。

「若旦那が突然家にお戻りになりまして」

手代がその後に続けた言葉に裄沢は臍を嚙む。

——伊助の子分どもに気合いを入れておけば、ただの商家のお坊ちゃんだった治吉に手が回っているのを勘づかれることはなかった！

実際にはそれでも治吉に気づかれていたかもしれないし、いずれにしても治吉が破れかぶれになった末にこんな事態が引き起こされるとは、誰も予測などできなかったろう。

——今は、そんな言い訳よりこれからどうするかだ。

己を叱咤して無駄な考えをやめる。

急いで町方の衣装に着替えた裄沢は、錦堂から来た手代だけを供に深川へと駆けつけた。

錦堂は当然もう表戸を閉めていた。裏の枝折戸で待っていた奉公人に案内され、まずは治吉が寝かされている部屋へ行く。

起きる気配の全くない治吉は、不自然なほどずっと鼾をかき続けていた。手の施しようがないと聞いていたが、番頭に懇願されて結局帰らずにいた医者がまだ治吉に付き添っていたので、様子を尋ねた。

「あるいは気がつくやもしれませんが、もしそうなっても自分のことすら何も憶えていないとか、体や言葉が不自由になっていたりするかもしれません。しかし、おそらくはほどなくこのまま息を引き取られるかと」

裄沢を部屋の外へ呼んで小声で返答してきた医者は、見世の主に告げたよりも深刻な病状を口にした。

裄沢は病人が伏臥する部屋から場所を移し、主の庄右衛門へ治吉の身に起こったことを訊く。庄右衛門は気を昂ぶらせる様子もなく、落ち着いて事態の推移を語った。

「すると故障（事故）だったというわけですな」

「この見世の者は誰も、罪を犯してはおりません。ただ、手前の倅が乱暴を働こうとして止められ、そこに現れた手前へ文句を言おうとしてよろけ、簞笥の角に頭をぶつけたというだけにございます」

すでに治吉を「見世の者」から除外した言い方をしていた。

桁沢は指摘することなく、庄右衛門に問う。

「すると、見世から縄付きは出したくないと」

「商売をやっておる以上、それは当然のことにございます」

桁沢の目を見てはっきりと答えてきた。

商家には、見世の評判を落とさないよう中で騒動が起こってもたいていのことは表に出さず、内々で収めてしまうという慣習があった。ただ桁沢には、庄右衛門の商家の主らしい答えが、単に見世の評判を考えてのことだとは感じられずにいる。

「できますかな？」

金銭の要求ではなく、後で蒸し返されるような襤褸（ぼろ）を出さないかを問うた。

意図は庄右衛門に通じたようだ。

「この見世の奉公人は、先代に鍛えられた年長者と、その年長者からしっかりと教えを受けた若い衆だけが働いております。中のことが外に漏れる懼（おそ）れはございません」

「先ほどの医者は」

「昔からの付き合いにございます。誰よりも信用しております」

いずれも、迷いのない答えだった。

「そうですか——しかし、あの二人は……」

裄沢の視線が、部屋の隅で茫然としている二人へ移る。治吉に乱暴されかかったお初と、それを止めに入った清二が、二人ともに虚ろな顔をして座り込んでいた。

「他の奉公人らはひととおり事情を聞かれるだけで済むやもしれませんが、庄右衛門どのとあの二人はそれだけでは終わりますまい——あの二人が御番所の吟味方から詮議を受けたなら、自らを責めてやっていないことまで白状しそうに見えますな」

そうなれば、縄付きが錦堂から出ることになるし、見世の評判にも関わる。

「それは……」

案じ顔の庄右衛門の目が二人に向けられる。意を決した顔つきになって、裄沢を見返してきた。

「裄沢様。見世のことはどうなっても、あの二人を何とか救ける手立てはないものでしょうか」

「見世が潰れては、庄右衛門どのは別にしても他の奉公人たちが困りましょう」

裄沢の指摘に、庄右衛門は黙り込んでしまった。

溜息を一つついた裄沢が頼みを口にする。

「猪口橋の伊助のところへ使いを出して、伊助を呼んでもらいましょうか。伊助には、『裄沢が必ず独りで来いと言っていた』と言付けてください」

庄右衛門の視線を受けた番頭が、使いをさせる手代に用を言いつけるためその場から立ち去った。


呼ばれて言いつけどおり独りでやってきた伊助は、治吉が錦堂に乗り込んできてからの推移を聞いて驚愕(きょうがく)し、「そなたらの居所を探る動きが治吉に勘づかれていたようだし、近隣に縄張りを持つ御用聞き経由で錦堂の事情がそなたの子分から外へ漏れていたようだ」と裄沢から聞かされて、さらに顔色を悪くした。

しきりに詫びを口にする伊助を宥(なだ)め、裄沢は己の考えを口にする。それを聞かされた伊助は、呆気にとられた顔になった。

「やってくれるか？」

「へ、へい。あっしの失敗りで起きたことでやすし、錦堂さんのためにもこの深川のためにも、そうできりゃあ一番いいこってすから――けど、そんなことしたら裄沢様は……」

「俺のことは心配するな。それより明日、臨時で見世を閉めた錦堂へ、かねてより決めた刻限に、治吉を乗せた体で敷地の中まで駕籠を乗りつける――さらに、今後についてはいっさい秘密が漏れぬよう、しっかりと子分どもを引き締める。よいな」

これは、治吉が前夜ではなく予定された当日「予定どおり」に錦堂へ連れられたと見せかけるための工作だ。

「へい、絶対にこれ以上のご迷惑をお掛けするようなことは致しやせん」

さらなる失敗りを犯せない伊助は、気を引き締め直してはっきりと断じた。

翌日の朝。出仕した廻り方が同心詰所に集合している中で、裄沢は室町に「錦堂の件で午からの巡回の交代」を願い出た。背後に佐久間がいて耳を欹てている気配を感じながらのことである。

そして市中見回りのため他の定町廻りと一緒に同心詰所を出た裄沢は、佐久間が仲間に報せを届けるため独り別な方角へと足早に去っていくのには気づかぬふりをしながら、奉行所の表門から歩み出たのだった。

十一

場面は、古藤が退場した後の内座の間に再び戻る。

深元が厳しい顔で室町を追及している。

「……では、これだけの誤魔化しを裄沢が独断で？」

「ゆえに、『進退はいっさいお奉行様に一任する』との伝言を預かり先に戻って参りました」

「これほどのことをしでかしておいて、それだけで済むかっ！」

激怒した深元が、お奉行の前であることを忘れて思わず吼えた。

そのお奉行は、声を荒らげる配下に眉を顰める。

「深元。まあ、待てと申しておる――して、裄沢自身が昨夜の騒ぎを知ったのは？」

平静な顔と口調で、室町に問うた。

「その夜、錦堂に呼ばれて経緯を聞き、倅の容体もその目で確かめたとのことにございました」

「今、錦堂の面々は皆が神妙に控えおるか」

「は。ただし、倅に乱暴されかけた女中とそれを助けんとした手代は、先ほども申しましたとおり姿が見えぬと」

「逃げ出したか」

「罪を怖れて、欠落(かけおち)したものかと思われます」

「なんと……町方同心が誤魔化しをしたがゆえに、咎人を取り逃がしたと」

深元が嘆じた。

「それ以外の見世の者は」

「ただ静かに、当御番所からのお沙汰を待っている様子にございました」

罪に問われねばならない者が逃げたというのに、倅を亡くした見世の主をはじめ誰も騒ぎ立てていないという話をされて、深元は驚きを見せる。

「詳しくは裄沢がここへ戻ってから改めて確かめねばならぬが――」

小田切は先ほど古藤に告げたのと同じことを口にしてから続けた。

「裄沢のこたびの振る舞い、簡単に見逃せるものではないものの、そのやりように得心できるところがないわけではない」

「それは、どういう？」

「考えてもみよ。起こったことをそのまま明らかにしたらどうなる？　少なくとも倅の乱暴を制止しようとした手代は死罪、日ごろの倅の悪行と手代が罪を犯すのを止められなんだ錦堂とてお咎めは免れぬ」

治吉がお初に乱暴しようとしたのを止めようとしただけの清二は、治吉が自らよろけて負傷したという状況が正確に汲み取ってもらえるならば、現代では過失致死にも問われないであろう。しかし、上下関係がことのほか重視された当時においては、奉公人が主の家族に「手を上げていた」という事実だけで死罪が適用される案件になる。

また、連帯責任が問われる連座制が適用されていたこともあり、倅と奉公人がそれぞれ罪を犯してこのような事態になったということで、錦堂の見世自体にも軽くはない刑罰が下されることになったはずだ。

「しかし、それがお上のご定法では」

「ご定法をそのまま適用して、誰が救われる？」

無言になった深元に、小田切は続ける。

「錦堂の倅の死は、いうなれば自業自得。女中と手代が逃げたというに主をはじめ誰も騒いでおらぬのは、皆がそれを認めておるということであろう」

「いや、しかしお奉行様――」

「そして、錦堂を罪に問うてお取り潰しにすることは、この江戸の町の得になるか？　確かに、欠所（財産没収）とすればいっときはこの御番所の金蔵をいくらか潤すことができるやもしれぬ。

しかし錦堂は、ご改革の痛手からいまだ完全には立ち直っておらぬ深川にとって、まだまだ役に立ってもらわねばならぬところではないか」

この物語よりおよそ十年前に始まった寛政の改革で、主導者である老中首座松平定信は贅沢や華美を徹底的に目の敵にした。前任の田沼意次による経済重視の政により賑わっていた江戸の町は、定信に自粛を強要されたことに加えその直前に起こった飢饉もあって、火が消えたように勢いをなくしたのである。

その影響は、日の本一の岡場所である深川のような繁華な土地に特に大きな打撃を与えた。

改革の遅滞と周囲からの反発で定信が辞任した後、人々の暮らしは徐々に元へと戻りつつあるが、いまだ以前の状況には遠く及ばない。錦堂のような見世にとっては今後も苦しい商売の続くことが予測されるが、それでも錦堂は今の土地で周囲を盛り立てようと頑張っているのである。

──そんな見世を、故障と変わらぬようなただ一回の不幸で「ご定法に従い」なくしてしまってよいのか。それが、これよりの江戸の町の発展につながるのか。町奉行所は、いったい何のために存在するのか。

小田切は、深元にそう問うたのである。

考え込んでしまった深元の脇から、話題を変えんと室町が声を発した。

「ところでお奉行様、どうして裄沢が伝えてきた話に誤魔化しがあると気づかれました？」

「何もかも都合よく行きすぎておったからよ。裄沢が約束の刻限に間に合わなかったがために錦堂の倅が暴発して亡くなった。不幸なことにそれに関わってしまった奉公人の男女は、裄沢が到着する前に手に手を携えて欠落してしまった──これでは、話に嘘があっても誰にも強く問い質すことはできぬ」

二人のやり取りを聞いて復活した深元が考えを口にする。

「これで責を問われるのは、策を弄して裄沢を奉行所に引き留めた連中だけですか」

「裄沢自身もだがな──けれど、裄沢に意趣返しのつもりがなかったとは言わぬが、それが本来の目的ではあるまい」

「と、おっしゃるのは？」

「実際には昨夜からときがあったのだ。互いに想い合う二人を江戸から逃がすには、十分であったろう。

　商売をする見世には、醜聞を表には出さぬという建前があるから、錦堂から二人に追っ手を掛けることはない――町奉行所としても、裄沢による当初の話がそのまま通っている限り二人と倅の死を関連づけることはなく、見世からの訴えがなくば手配を掛けることにはならぬしの。

　錦堂は扇屋なれば、京大坂にも少なからぬ伝手があろう。二人をそちらへ落とせたなら、これからの暮らしの目処も立つはずじゃ」

　小田切の話に、室町も言葉を添えた。

「詳しくは存じませんが、こたびの一件では裄沢が仕事を任せた御用聞きに何やら不手際があったようです。裄沢のことですから、その御用聞きに気の利いた子分を出させて、落ちていく二人の道案内をさせていたとしても不思議はありませんな」

「路銀なれば、錦堂がたっぷり出しておろうからの」

掛け合いに応じた小田切は、なぜか楽しそうだった。表情を素に戻して、深元を見やる。

「さて。こたびのことで、古藤を内与力のままにしてはおけなくなった。あの男には、屋敷（普段奉行所に居住する小田切の、旗本として拝領している本宅）のほうの留守居の手伝いでもさせることにしようかの。

そこで深元。これよりはそなたが名実ともに北町奉行所の内与力筆頭となる。頼りにしておるぞ」

家政を取り仕切るお役なら能力のみを見ての抜擢もあり得るが、他の役所との折衝も仕事の重要な部分を占める内与力だと、若いというだけで疎んじられることがある。古藤は、それを回避するための「外向け」の筆頭として任じられていた男だった。

それでも、小田切が前職の遠国奉行をやっていた時代なら何とか格好はついていた。しかし、江戸の町奉行という旗本にとっての最重要かつ最も過酷なお役を側で支えるには、やはり力量が不足していたということだろう。

「微力を尽くさせていただきます——で、裄沢のほうはどうなされます」

「そうだの。まあ、御番所内で内与力相手にあれだけの罵倒をしたのだ、三日ほどは謹慎させようか」

思わず小田切の顔を直視してしまった深元は「それだけ？」という驚きの表情を浮かべていた。

「裄沢自身が申告している、錦堂での不手際につきましては」

そちらは別に処分が必要ではないかとの、問いの形を取った意見具申（ぐしん）である。

「ふむ。裄沢をそちらの件で処罰するとなると、古藤をはじめ裄沢の勤めを妨害せんとした者全員についても公に罰を与えることになるな？」

小田切も、疑問の形で返してくる。

それを行うということは、北町奉行所の失態を自ら明らかにするのと同義となる。さらに、問題はそればかりではなかった。

「それは……こたび古藤殿に与（くみ）した者は、いかほどおったのでしょうか」

町奉行所の業務は、治安の維持だけではない。現代で言えば東京都庁と各区役所、警察、消防、保健所、地方裁判所などが関わる全ての業務に、一部全国各地の民事裁判まで主管する。それを、南北それぞれ百五十名ほどの与力同心だけで分担しているのだ。

古藤のような内与力であれば、本来の身分は奉行個人の家来であるから差し換えは利くが、それ以外の与力同心が謹慎で一時的なものであれ一挙に数名抜けるとなると、その間の残りの人員の負担は激増することになる。当然、町政に遺漏が生じることを懸念しなければならなくなるのだ。

深元の疑問に、室町が答えた。

「裄沢が呼びつけられて待たされた部屋には、吟味方同心の見延さんが張り付いていたそうです。それと、裄沢の来訪を催促に来た錦堂の使いを、本日当番同心をしていた町会所掛の大竹さんが追い返したとも聞いております」

「己本来の仕事を二刻もの間放り出しておった見延は結託しておると考えて間違いなかろうが、大竹はその日のお役を全うせんとしただけかもしれぬ」

「大竹さんは、今日になってから急に当番同心を代わってくれるよう、本日順番だった者に願い出たそうですが」

「ならば大竹も、疑いは濃厚か」

奉行の小田切も口を出す。

「裄沢の動きをこれだけ詳細に知っておったとなると、廻り方も一人は関わっていような」

溜息をつきながら、室町が答えた。

「おそらくは、佐久間さんでしょう。山王社で見世物一座を隠れ蓑にしていた盗賊一味に逃げられ、尻に火が点いておりましたからな」

「それと裄沢を陥れるのと、どう関わるのか」

「佐久間さんが廻り方からはずされるとなれば、後任として最初に名前が挙がりそうなのは裄沢でしょう。潰しておけば、大きな懸念が一つ減ります」

「一味の首魁（しゅかい）は佐久間か……」

「いえ、それはどうでしょうか。佐久間さんは廻り方の中でも他の者を寄せつけずに独りで動くようなところがあります。小者の中の誰かを手懐（てなず）けて裄沢を探らせるぐらいはやれるでしょうが、自ら音頭を取って古藤様まで仲間に取り込むことができるかとなると」

「すると、皆を纏（まと）めた者が他にいると」

内与力という、本来の身分は奉行個人の家来である古藤が、全員幕臣身分の町方同心を集めてこのような企みをしたとは、この場の誰も考えていない。

「様々なお役の者が関わっていることからは、もしかすると声掛けしたのは古藤様以外の与力のどなたかかもしれません」

室町は遠慮がちに自分の推測を語った。

「裄沢を陥れんとした一味に誰がいるかは、古藤を問い詰めれば容易に明らかとなろう。今さら隠し立てしたとて、古藤にとってよいことは一つもないからの」

小田切の言に二人が得心する。

このような検討をしたのは、裄沢を陥れんとした企てに加担した人数を確定し、全員を一気に排除した場合に奉行所がどれほど影響を受けるかを推し量ることだけが目的ではない。たとえ影響が大きそうですぐには手をつけられずとも、いずれ何らかの形でそれぞれに相応の責任を取らせることこそ最後に目指すところなのである。

奉行所に与えかねなかった痛手を思えば、こたびの謀はさほどに悪辣で、奉行としてとうてい看過し得ないものであった。

室町の説明で疑問への答えを得た深元は、小田切へ顔を向ける。

「今の話ではありませんが、裄沢の罰を軽く済ませるのであれば、来合の復帰後に裄沢を佐久間の代わりに正式に定町廻りとしては」

こたびの件を含め、目を離していると何をやり出すか判らない裄沢に、深元は警戒を強めていた。しかし、個人の感情とお役目とは別だと割り切って、一番奉行所の益になりそうな進言をした。

深元の提案に室町も期待の目を向ける。

「いや。多少の間を空けても、罰を与えた者を佐久間とすげ替えるのでは、名分が立つまい。第一、当人が望むとも思えぬしの」

人事であれば奉行と年番方の専権事項であり、当人の意思は関係あるまいと深元は思ったのだが、己の主君でもあるお奉行様の判断に口は出さなかった。

小田切は、誤魔化すように付け加える。

「錦堂での騒ぎが起こった日付を裄沢が半日誤魔化したのは、おそらく奉公人の男女二人を逃がすことだけが目的ではなかったであろうな」

「……他の目的とおっしゃいますと？」

「間もなく来合が怪我が治って復帰する。己がこたびの一件で責を負うて定町廻りから退けば、何の問題もなく空いた席を来合へ返せるというものよ」

「その席を横から掠(かす)め盗(と)るため裄沢を陥れんとした佐久間さんは、自ら墓穴(ぼけつ)を掘って今のお役すら危うくなっておりますしな」

「まさか、佐久間を制するところまでも裄沢の狙い……」

「食えぬ男だ。あり得るの」

室町は微妙な顔になり、深元は眉間(みけん)の皺を深くした。

「まああの男には、他にもいろいろ使いようがあるしの」

小田切の呟きに、そんな二人は反応を示さなかった。

そういえば、子細(しさい)は室町の知るところではないが、裄沢は定町廻りの前には「隠密廻りの応援」という何やら妙な扱いで、与力の甲斐原まで出役するような大ごとの秘事に関わったらしい。その前にも、誰かの命を受け奉行所内で密かに動いていた気配がある。

──まだまだ便利使いしようってかい。

裄沢が廻り方の仲間に加わることはなさそうだという落胆を覚えながら、表情を殺してお奉行を見た。

奉行の小田切は、老中が臨席するような重罪の判決決定の場において皆が最も重い罪で合意している中でも、情状に酌量(しゃくりょう)の余地あれば罪一等を減じるよう主張するような人情家であることは室町も知っている。

しかしそれだけでは、数千という数がいる旗本の、頂点とも言うべきお役である江戸の町奉行は勤まるまい。室町は、小田切が普段は内に隠している強(したた)かさを、先刻からのこの内座の間で見せつけられたような気がした。

「申し上げます」

座敷の外から声が掛かった。

「どうした」

「定町廻りの裄沢広二郎、ただ今当奉行所に帰着致しました」

「そうか、ここへ呼べ」

同心の報告に、小田切は淡々と応じている。

――さて、あの男が顔を出したらもうひと波乱とか、ホントに勘弁してくれよ？

室町は、なぜか気がつくと騒動の渦中(かちゅう)にいる人物が顔を出す前に、しっかり気持ちを引き締め直した。